KB175956

동시 쓰는
아이들

동시 쓰는
아이들

양효준 지음

이담북스

여는 글

몇 해 전까지 저는 좋아하는 시 한 편 없었습니다. 시집을 읽거나 시를 좋아한다고 말하는 사람은 저와 다른 부류의 사람으로 여겼습니다. 이토록 시를 멀리해왔으니 동시는 어땠겠습니까. 저에게 동시는 국어 교과에서 배우는 문학 갈래의 하나일 뿐이고, 동시 수업은 교과서에 있으니 해야 하는 수업일 뿐이었습니다. 그랬던 제가 동시 수업에 푹 빠지게 되었습니다. 아이들은 동시 수업을 재미있어 하며 즐겼습니다. 신기한 경험이었습니다. '아이들은 왜 동시를 좋아할까?' 그 이유를 찾다 보니 저도 동시가 좋아졌습니다. 아이들과 마찬가지로 동시의 매력을 알게 된 것입니다. 요즘은 저도 아이들과 함께 동시를 읽고, 씁니다. 길을 걷다가 혹은 아이들과 수업을 하다가 문득 동시를 쓰

기도 합니다. 국어 시간이 아니더라도 수학 시간이나 비가 오는 날 동시집을 펴 동시를 읽기도 합니다. 조금 과장해서 말하면, 제 삶의 모습을 바꾼 것처럼 동시는 아이들의 삶의 모습을 변하게 합니다. 이 책은 저와 아이들이 함께 이렇게, 저렇게 했던 동시 수업의 기록입니다. 이 기록을 통해서 선생님과 아이들이 조금이나마 동시의 매력에 빠지는 데 도움이 되길 바랍니다.

차 례

제1장

동시 수업 다지기

어떤 집을 짓더라도 처음은 집이 들어설 자리의 땅을 다지는 것에서 시작합니다. 그래야 튼튼하고, 안전한 집을 만들 수 있기 때문입니다. 마찬가지로 동시 수업을 이야기하기 전에, 동시를 살펴봐야 합니다. 살핀다는 말은 이제까지 우리가 알고 있던 동시와 해왔던 동시 수업을 돌아보는 일이라고 할 수 있습니다. '동시란 무엇일까?' '교사들은 동시를 어떻게 바라봤을까?', '동시를 왜 읽고 써야 할까?' '아이들에게 어떤 동시를 가르쳐야 할까?' 생각해보는 것이지요.

쓸모없는 시

〈죽은 시인의 사회〉는 1990년에 개봉한 영화로 지금까지 명작으로 꼽힙니다. 이 영화의 배경은 미국의 명문 사립 학교로, 문학 선생님으로 새로 부임한 키팅 선생님과 제자들의 이야기입니다. 문학 첫 시간에 키팅 선생님은 학생들에게 문학박사가 지은《시의 이해》의 서문을 찢으라고 합니다. 규율과 전통에 얽매여 틀에 갇힌 문학 수업을 받았던 학생들에게는 파격적이고 놀라운 수업이었습니다. 키팅 선생님은 시의 완성도와 중요도를 가로축과 세로축에 놓고, (완성도×중요도) = (시의 가치)라고 평가하는 방식은 순 엉터리라고 말합니다. 그리고 교실 한가운데로 아이들을 모아 이렇게 말했습니다.

> 시가 아름다워서 읽고 쓰는 것이 아니란다. 인류의 일원이기 때문에 시를 읽고 쓰는 거야. 인류는 열정으로 가득 차 있단다. 의학, 법률, 경제는 삶을 유지하는 데 필요할지 모르지. 그러나 시는 그 자체가 삶의 목적이란다.

개봉한 지 30년이 지나도, 키팅 선생님의 말씀은 여전히 우리의 마음을 울립니다. 그 이유는 여전히 우리는 시를 삶 자체, 삶의 목적으로 보지 않고 삶의 수단으로 보기 때문입니다.

지금 우리에게 시는 어떤 의미일까요.

예부터 지금까지 공부와 성적의 종착지는 좋은 대학 입학으로 여깁니다. 대학은 돈을 많이 벌거나 안정적인 직업을 위해 거치는 과정으로 여겨지기도 합니다. 경제력이 삶의 기준이자 목적이 돼버린 것입니다.

재미있는 조사가 있습니다. 2013년 홍사단 투명사회운동본부에서 초·중·고등학생 각각 2,000명을 대상으로 설문조사를 실시했습니다. 10억을 준다면 감옥에 갈 수 있는지를 물었더니 고등학생은 44%, 중학생은 28%, 초등학생은 12%가 갈 수 있다고 응답했습니다. 이 설문 결과를 보고 여러분은 어떤 생각이 드시나요.

경제력(돈)이 그 사람의 능력을 평가하는 잣대가 되어가는 요즘, 시는 어떤 의미가 있을까요. 2011년 경향신문 〈복지국가를 말한다〉에서 '삼포 세대'를 소개했습니다. 불안정한 일자리, 힘든 취업 준비, 높은 집값 등으로 연애, 결혼, 출산을 포기한 세대입니다. 10년이 지난 지금은 포기하는 것들이 점점 늘어나 N포세대라고 합니다. 2018년에 문화체육관광부에서 실시한 연구에서 독서 장애 요인으로 '일을 하느라 시간이 없어서'가 19.4%로 가장 높았습니다. 일, 시험 준비, 여가 활동 등의 시간 부족과 관련된 응답이 40%에 육박했습니다. 책과 시를 읽을 시간도 여유도 없는 것입니다. 이런 사회적 상황 속에서 어른이 시를 읽는다는 건 사치이자 쓸데없는 일로 여겨지겠지요.

학생들에게도 마찬가지입니다. 학생들은 시를 시험에 나오는 영역으로 여길 뿐입니다. 학교 시험이나 수능시험 준비를 위해 시의 특성,

작가의 특징, 함축적 의미를 분석하고 암기합니다. 수능시험에 최승호 시인의 〈아마존 수족관〉이 출제된 적이 있습니다. 시인이 직접 수능 문제 2문항을 풀었는데, 시인이 푼 두 문항 모두 실제 수능 정답과 달랐습니다. 정작 시를 지은 시인의 의도와 생각은 오답이고, 학생들은 시인의 의도가 아닌 출제자의 의도를 파악해 정답을 찾는 참 아이러니한 상황이지요.

시는 쓸모없는 것으로 치부되기 일쑤입니다. 안타깝지만, 이게 오늘날 시의 현실입니다. 시는 삶의 목적이라는 키팅 선생님의 대사가 머릿속을 맴돕니다.

동시란?

시와 동시, 어린이 시는 의미와 범위가 각기 다릅니다. 시는 사전적으로 함축적이고 운율적인 언어로 표현한 글을 말합니다. 시는 내용에 따라 서정시, 서사시, 극시로 나누며, 형식에 따라 자유시, 정형시, 산문시로 나누기도 합니다. 시를 읽고 쓰는 주체에 따라서는 어른 시, 동시, 어린이 시로 나눌 수도 있습니다. 우리가 일반적으로 말하는 시는 어른들을 대상으로 시인들이 썼기에 어른 시라고 볼 수 있습니다. 반면 동시와 어린이 시는 어린이를 위한 혹은 어린이가 쓴 시라고 할 수 있습니다. 그러면,

하나, 동시(童詩)의 '童'은 아동을 의미하는데, 그렇다면 동시는 아동이 쓴 시를 말할까요? 아니면 아동을 위한 시를 말할까요?

둘, 동시의 아동과 어린이 시의 어린이는 어떤 차이가 있을까요?

사전에 있는 동시의 첫 번째 정의는 '어린이를 독자로 예상하고 어린이의 정서를 읊은 시'입니다. 어른들이 어린이가 읽으면 도움이 될 만한 내용과 가치를 담아 쓴 시를 말합니다. 동시에 담긴 어린이의 정서는 동심이라고 말합니다. 어린이가 가진, 혹은 가져야 할 마음을 생각하면 순진무구함과 아름다움, 깨끗함 등을 떠올립니다. 어린이는 세

상의 때를 타지 않고, 돈과 같은 물욕이 없는, 나쁜 마음이 없는 존재여야 한다고 여기는 것입니다. 그래서 어른들은 어린이가 항상 친구들과 사이좋게 지내고, 밝고, 긍정적이고, 세상 물정을 모르는 존재로 커가기를 바라는 마음으로 동시를 썼습니다. 그리고 이 동시들은 교과서에 실리고, 동시집이 되어 좋은 동시의 모범적인 예가 되었습니다. 아이들은 이 동시들을 소리 내어 읽고, 비슷하게 따라 쓰는 동시 수업을 받았습니다. 이 동시를 통해 어른들이 규정한 동심을 가질 수 있도록 말이죠.

동심을 강조하는 동시는 오히려 아이들을 순수한 아이가 되어야 한다는 틀에 가두었습니다. '착한 아이' 콤플렉스처럼 말입니다. 그래서 어린이의 삶과 동떨어진 거짓 시, 억지로 어른이 교훈을 강요하고 가르치려는 시, 교화하려는 동시가 생겨났습니다. 물에 잉크를 떨어뜨리면 잉크가 서서히 퍼지듯 이런 동시를 수업에 활용하다 보니 아이들은 흉내를 내는 시와 거짓 시를 쓰게 되었습니다. 이런 동시 수업의 모습을 비판하며 이오덕 선생님은 어른이 쓴 동시가 아닌 어린이가 쓴 어린이 시 수업을 해야 한다고 말했습니다. 어린이 시는 참된 삶을 가꾸는 솔직한 아이의 시를 말합니다. 이오덕 선생님의 영향으로 이제까지 당연시해왔던 동시 수업을 돌아보게 되었고, 아이들의 참된 삶을 위한 어린이 시 수업이 생겨났습니다. 어른들이 쓴 동시집이 아니라 어린이 시를 묶은 어린이시집도 출간되기 시작했습니다. 아이들의 목소리로 아이들의 삶을 말하게 된 것입니다.

아이를 바라보는 관점의 변화도 어린이 시의 확장에 영향을 주었습니다. 이전까지 우리는 아이는 가르쳐야 할 대상으로 바라봤습니다. 아이는 어른들이 정한 지식, 삶의 태도를 받아들이고 수용하는 존재였습니다. 그러나 아이는 자신의 삶 속에서 경험과 지식을 스스로 구성해가는 존재입니다. 아이는 미성숙한 존재가 아니라 어른과는 다른 존재입니다. 따라서 경험을 통해 아이가 말하는 것, 쓰는 것 그 자체가 소중하고 의미 있다고 보게 된 것입니다.

동시의 두 번째 정의는 '어린이가 지은 시'인데, 이오덕 선생님이 말한 어린이 시와 연결된다고 할 수 있습니다. 어린이가 썼더라도 거짓으로 지어낸 시는 어린이 시라고 할 수 없습니다.

어린이 시와 아이를 바라보는 관점의 변화로 어른이 쓰는 동시도 변했습니다. 교훈적이고, 바람직한 가치가 담긴 동시를 쓰기보단 아이들이 실제 삶을 들여다볼 수 있는 동시가 많아졌습니다. 문학동네, 창비 등 출판사에서 어린이들의 삶을 잘 담아내는 동시집을 내고 있습니다. 아이들이 공감할 만한 재미있는 동시가 많아지고 있는 것이지요.

따라서 이전에는 동시와 어린이 시의 구분이 필요했지만, 점점 동시와 어린이 시의 지향점이 같아지면서 둘 다 동시라고 해도 될 것 같습니다. 동시를 쓰는 주체로 동시를 구분할 것이 아니라 동시에 담긴 내용과 의도로 동시를 봐야 합니다. 이제는 어른들이 바라는 바를 아이들에게 강요하는 대신 아이들의 삶을 이야기하는 동시를 읽고 쓰게 해야 합니다. 삶을 바탕으로 한 동시를 읽고 쓸 때, 아이들의 삶 자체가 동시가 됩니다.

시인의 눈

좋은 동시를 읽으면 감상과 생각이 금방 날아가지 않고 마음 혹은 머릿속에 남아있습니다. 예를 들어 건널목 앞에서 무단횡단을 할까 말까 고민하는 내용의 동시를 재미있게 읽었다면, 며칠 후 아무도 없는 도로에서 무단횡단을 고민할 때 이 동시가 떠오릅니다. 이처럼 좋은 동시는 아이가 경험하는 세상에 영향을 줍니다. 익숙한 세상을 새롭고, 낯설게 볼 수 있도록 만들기도 합니다. 저녁에 학교 옆을 지나다 너무 무섭게 느낀 경험을 담은 동시를 읽고, 괜히 학교가 무섭게 느껴지는 것처럼 말이죠.

우리는 끝없이 쏟아지는 정보의 홍수에 살고 있습니다. 머리는 쉬지 않고, 계속해서 무언가를 생각하고 고민합니다. 하나를 끝내면 그다음 해야 할 게 기다리고 있습니다. 인간의 뇌는 처리할 수 있는 용량이 정해져 있기에, 이런 일상은 우리 주변의 것들을 놓치게 만듭니다. 쉬지 않고 운전해서 목적지에 도착했지만, 가는 길 주변에 핀 유채꽃과 벚꽃을 보지 못하는 상황과 비슷합니다.

아이들을 보며, 어른들은 그때가 좋을 때라고 말하지만 요즘 아이들의 삶을 들여다보면 그런 말을 하기 어렵습니다. 흉흉한 세상에서 아이들이 오갈 곳은 학교와 집, 학원뿐입니다. 학교 수업이 끝나자마자 아이들은 가방을 바꿔 매고 태권도 학원, 피아노 학원으로 갑니다.

학원이 끝나 집에 오면 숙제를 해야 합니다. 학원에 다니지 않는다고 해도 아이들은 학업 문제, 교우관계, 부모님의 잔소리 등으로 머리가 복잡합니다.

아이들은 바쁜 일상 속 많은 것을 놓치고 있습니다. 아이들은 매일 등하교를 하지만 등하굣길에 핀 민들레나 코스모스를 보지 못합니다. 맑은 하늘에 떠 있는 구름의 움직임을 가만히 바라볼 여유도 없습니다. 자연의 모습이나 변화뿐만 아니라 친구와의 관계에서도 여유가 없습니다. 글쓰기 시간에 지우개가 없어 난처하던 찰나에 옆 짝 친구가 지우개를 건네줘서 고마운 순간도, 수학 시간에 선생님의 칭찬 한마디도 그냥 무감각하게 스쳐 지나갑니다. 아이들을 둘러싼 환경의 영향도 있지만, 우리가 아이들에게 잠깐 멈추고 주변을 살피는 방법을 알려주지 않은 탓도 있습니다.

주변을 살피는 방법을 통해 소중한 것들을 보기 시작하면 어떤 변화가 생길까요. 따뜻한 마음이 생기고, 행동이 달라집니다. 마음의 여유가 생깁니다. 지우개를 빌려준 친구의 행동이 고맙고 소중하게 느껴집니다. 그냥 지나칠 뻔했지만, 친구에게 고맙다고 말할 여유가 생깁니다. 선생님의 칭찬 한마디에 기분이 좋아져 종일 싱글벙글댈 수도 있습니다. 이제껏 지나쳤던 하굣길 보도블록 사이에 핀 민들레를 '후' 하고 불어 볼 수도 있습니다.

동시를 쓴다는 것은 세상을 자세히 들여다보는 것을 의미합니다. 매일 반복되는 지루한 일상에서 신기하고 소중한 것들이 가득한 일상으로 바뀌게 됩니다. 이제껏 보지 못했던 것들을 보기도 하고, 가치 없게 생각했던 것들이 얼마나 소중하고 가치 있는 것인지 알기도 합니다. 이처럼 동시를 읽고 쓰면서 아이들은 세상을 보는 눈이 생기고, 세상을 대하는 눈이 달라지게 됩니다.

저는 쉬이 지나치는 일상을 돋보기로 들여다보는 시선을 지닌 눈, 세상을 단색이 아닌 무지개색 렌즈로 바라보는 시선을 지닌 눈을 '시인의 눈'이라고 말합니다. 피카소는 "모든 아이는 예술가다"라고 말했는데, 이는 바꿔 말하면 아이들은 태어날 때부터 시인의 눈을 가졌다는 의미입니다. 타고난 시인인 아이들은 성장하면서 여러 이유로 시인의 눈을 잃어버리는 걸지도 모릅니다. 동시는 아이들이 시인의 눈을 잃지 않고 유지하게 해줍니다. 좋은 동시를 읽고, 좋은 동시를 쓰면서 말이죠.

'시인의 눈'은 평범한 일상을 하나뿐인 일상으로 바꾸게 합니다. 찰나의 가치를 발견하고, 우리가 그간 놓쳤던 것들을 알게 하는 것이 제가 보는 진정한 동시의 가치입니다.

삶이 느껴지는 시

박금분 할머니가 쓴 네 줄짜리 짧은 시가 있습니다. 먼저 이 시를 읽어보시기를 바랍니다. 그리고 만약 선생님의 반 아이가 이런 동시를 썼다면 선생님은 어떻게 조언해주시겠습니까.

만약 저라면 우선 이 아이를 칭찬했을 겁니다. 자기 주변에 시가 천지삐까리* 에 있다고 생각하고 있으니 시인의 눈을 가진 것이지요. 그다음 저는 동시의 주제나 하고 싶은 마음이 잘 드러나도록 고쳐보라고 조언했을 겁니다. 맞춤법과 행을 구분하면 좀 더 좋은 시가 될 거라고 말이죠.

구체적으로 살펴보면, 1연에 '가만이 봤다'고 표현한 부분이 모호하니 좀 더 자세하게 써보라고 말했을 겁니다. "옆을 봤는지, 동네를 봤는지 구체적인 상황이나 대상이 들어가면 어땠을까?" 하고 말이죠. '가만이'와 '만타'처럼 소리 나는 대로 쓴 단어도 "소리 나는 대로 쓴 부분을 맞춤법에 맞게 써보는 건 어떨까?" 하고 고쳐쓰도록 조언했을 겁니다. 아마 제 조언을 받고 수정했다면 이런 시가 됐을 겁니다.

---

* 많다. 넓은 범위로 널려 있는 의미의 경상도 방언

수업이 끝나고 학교 쉼터에 앉아

가만히 주변을 보니까

시가 참 많다.

　이렇게 시를 수정한 이유는 원래의 시가 저에게는 미완성인 것처럼 보였고, 이에 아쉬움을 느꼈기 때문입니다.

　그러나, 맞춤법이 틀린 박금분 할머니의 〈시〉는 오롯이 시집에 실렸습니다. 시의 완성도보다 중요하고 가치있는 것이 담겨있기 때문입니다. 사실 이 시의 사연은 2019년에 개봉한 〈칠곡 가시나들〉이라는 100분짜리 다큐멘터리 영화에 담겨 있습니다. 고작 4만 명 남짓 본 영화인데, 제가 느낀 울림은 천만 관객이 본 영화 못지않습니다. 이 영화는 평생 까막눈으로 살았던 할머니들이 글을 배우고, 시를 쓰는 일상을 담았습니다. 할머니들은 서툴게 삐뚤삐뚤 한글을 따라 쓰며 한글을 배웁니다. 한글을 읽을 수 있게 되면서 동네 가게의 간판을 더듬더듬 읽는 장면을 보면 괜히 마음이 뭉클해집니다. 평생을 까막눈으로 살았던 할머니들은 얼마나 글을 쓰고 싶었을까요. '큰마포댁'으로 불린 박금분 할머니도 이 영화의 주인공입니다. 이 영화를 보게 되면, 고스란히 '시'만 뚝 떼서 읽을 때는 느끼지 못했던 것들이 다가옵니다. 이제 시의 탄생 이야기를 알게 됐으니 다시 시를 읽어보시기를 바랍니다. 다르게 느껴지실 겁니다.

　한글을 배운 지 얼마 안 된 박금분 할머니가 이 시를 썼다고 생각하니 들리는 대로 '가만이', '만타'라고 쓴 게 이해됩니다. 맞춤법은 틀렸지만, 할머니의 시가 우리의 마음까지 오는 데 불편함은 없습니다. 오히려 이런 부분이 할머니의 굴곡진 삶을 온전히 보여주며, 우리의 마음에 더 와닿습니다. 맞춤법보다 시에 담긴 그 사람의 삶, 마음이 더 중요합니다. 시를 읽을 때는 시를 쓴 사람까지 함께 읽어야 한다는 것이지요.

좋은 시는 시인의 온전한 삶이 담겨 있습니다. 그런 것도 모른 채 수학 문제를 채점하듯 바라본 저의 모습을 돌아봅니다. 할머니의 시를 읽고 아이들이 쓴 동시를 쉽게 판단하고, 재단해서는 안 된다는 것을 깨닫게 되었습니다.

박금분 할머니의 시는 그 자체로 너무나 소중하고, 좋은 시입니다. 소설가 김훈은 칠곡 할머니들이 쓴 시를 읽고 이렇게 말했습니다.

> 할머니들이 쓴 시에는 우리 같은 직업적으로 글을 쓰는 사람들이 도저히 쓸 수 없는 상상도 할 수 없는 삶의 무게와 질감이 실려있더군요. 아주 큰 충격을 받았죠.

김훈 작가는 할머니들의 시에 담긴 삶의 무게와 질감에 박수를 보내면서, 박금분 할머니가 쓴 시에 담긴 삶까지 살핀 것입니다. 동시 수업을 하는 교사는 김훈 작가처럼 아이들의 삶까지 들여다볼 수 있어야 합니다.

동시 수업을 하는 이유

왜 동시 수업을 해야 할까요?

초등학교에서 아이들에게 동시 수업이 필요한 세 가지 이유가 있습니다. 첫째는 아이들에게 동시의 즐거움과 재미를 알려주기 위해서입니다. 공감되는 동시를 읽을 때면 저절로 고개를 끄덕이게 됩니다. 재치있는 동시 읽을 때면 피식하고 웃기도 합니다. 사실 동시는 제법 재미있습니다. 동시가 딱딱하고 지루할 것이라 여기던 아이들에게, 동시 수업은 동시의 진정한 재미를 알게 해줍니다. 유튜브와 웹툰, 게임만 재미있는 게 아니라 동시도 재미있다는 것을 알게 되는 것이죠.

둘째로 동시는 아이와 아이를 둘러싼 사람들이 서로를 이해하게 도와줍니다. 교사는 끊임없이 아이들을 이해하기 위해 노력하는 존재입니다. 학기 초 가정환경 조사서나 생활기록부를 보며 아이를 알아가는데, 저는 이 방법보다 직접 아이들을 알아가는 걸 더 좋아합니다. 정보와 사실보다 아이들과의 만남이 더 즐겁고, 느끼는 부분이 많기 때문입니다. 점심을 먹고 학교를 산책하며 아이들과 대화하는 10분 남짓한 시간은 짧지만, 아이들을 더 깊게 이해할 수 있습니다. 동시 수업은 아이들과 대화하는 것과 같습니다. 동시는 아이들의 시선과 삶이 그대로 묻어나는 언어로 만들어지기 때문입니다. 그래서 아이들이 솔직하게 쓴 동시에는 삶이 드러납니다. 따라서 동시는 교사가 아이들을 깊게 이해할 수 있도록 도와줍니다. 학기 초에 한 학생이 쓴 동시입니다.

답답한 쉬는 시간

박균희(선행초등학교)

쉬는 시간이다.
보드게임을 하는 애들도 있고
복도에서 노는 애들도 있고
칠판에 그림 그리는 애들도 있다.

나는 보드게임 구경을 한다.
카드가 많아지니 계속 물어본다.
답답하다.

저는 균희가 쉬는 시간마다 친구들과 보드게임을 하며 노는 모습을 자주 봤습니다. 이 동시를 읽기 전까지 당연히 그 무리에 있으니 친구들과 잘 어울리는 줄로 여겼습니다. 그러나 이 동시를 읽고 나니 무리 안에 함께 있긴 했지만, 불편한 마음이었다는 걸 알게 되었습니다. 함께 있는 모습만 보고 저는 균희가 잘 지내고 있다고 어림짐작한 것입니다. 사실 균희는 보드게임의 규칙을 정확하게 몰라 답답한 마음도 들고, 그렇다고 매번 물어보기에는 미안한 마음이 들었는데 말이죠.

쉬는 시간에 쉬운 규칙의 보드게임을 들고 균희에게 갔습니다. 규칙을 알려주며 함께 보드게임을 했습니다. 재미있게 노는 모습을 보자 친구들이 균희 주변으로 모여들었습니다. 친구들이 함께하고 싶어 어떻게 하는지 묻자 이번에는 반대로 균희가 친구들에게 규칙을 알려주면서 보드게임을 했습니다. 그리고 친구들과 진심으로 어울리게 되었습니다.

제가 이 동시를 읽지 않았더라면 균희의 상황과 속마음을 모르고 넘어갔을 겁니다. 이처럼 학생이 솔직하게 쓴 동시는 교사가 놓쳤던 혹은 신경이 닿지 않은 부분을 알게 해주기도 합니다.

또한 동시는 아이들 서로를 이해하게 만들기도 합니다. 한 아이가 수업 시간에 〈인생〉이라는 동시를 썼습니다.

인생

전민재(선행초등학교)

인생은
하루하루가
힘들고 지친다.
하지만
가족과 친구의
말 한마디는
나에게
힘이 된다.

어른의 입장에서 보면 초등학교 6학년은 참 행복한 때입니다. '6학년밖에 안 됐는데 하루하루가 힘들고 지치다니! 뭐가 힘들어!' 하는 생각이 들지도 모릅니다. 하지만, 민재의 동시를 읽어보면 안타깝게도 요즘 6학년의 삶은 녹록지 않아 보입니다. 인생이 힘들게 느껴지는 구체적인 이유가 나와 있진 않아 민재에게 물었습니다.

"민재야. 민재가 쓴 시에서 힘들다고 했는데 지금도 힘드니?"
"네."
"왜 인생이 힘들지 이야기해 줄 수 있니?"
"반복되는 학교와 학원 때문에요."
"그렇구나. 힘들고 지친다고 했는데, 지친다고 또 말한 이유는 뭐야?"
"끝나지 않을 것 같아요. 학교랑 학원이요."

민재에게 이 동시를 친구들과 함께 읽어도 되는지 물어봤습니다. 민재가 허락했고, 함께 읽었습니다. 제목만 보고 친구들은 사춘기, 중2병이 아닌 초6병이라고 말했지만, 동시를 읽고 분위기는 변했습니다. 웃었던 아이들이 미안한 눈치였습니다. 민재의 동시를 읽고 궁금한 점 등을 이야기하고, 감정을 나눴습니다.

"민재의 동시를 읽었는데 어떤 생각이 드니?"
"저도 민재의 마음에 공감해요."
"민재가 힘냈으면 좋겠어요."

제가 뭐라고 말하기 전에, 반 아이들 몇 명이 민재에게 "힘내", "힘들면 내가 도와줄게" 하고 말했습니다. 민재가 가족과 친구의 말 한마디가 힘이 된다는 말을 보고 응원의 말을 한 것이지요. 쉬는 시간에 따로 민재에게 다가가 말을 거는 아이도 있었습니다. 이 동시를 읽고 아이들이 민재에게 다가간 이유는 '공감'했기 때문입니다. 이처럼 동시에는 아이들이 세상을 보는 관점, 자신을 둘러싼 환경에 관한 생각이나 심정 등 아이들의 삶이 잘 녹여져 있습니다. 동시를 쓰는 건 자신을 표현하는 과정이며, 다른 아이가 쓴 동시를 읽는 건 그 사람의 마음과 생각을 헤아리는 것입니다. 동시를 통해 아이들은 서로를 이해하게 됐습니다. 이처럼 동시는 아이들 서로가, 교사나 부모가 아이를 이해할 수 있는 연결고리가 됩니다. 아이들이 솔직하게 자신의 삶을 동시로 표현할 때, 아이들은 동시로 우리에게 말을 걸고 있다는 의미입니다. 그리고 이 동시를 읽으며 서로의 마음을 헤아릴 수 있게 됩니다.

셋째, 동시 수업은 아이들의 감각을 확장하고, 아이들이 인식하는 세계를 넓힙니다. 동시는 자신의 경험에서 시작합니다. 아이들이 겪는 삶을 충분히 이해하고 있어야 사랑, 희망, 부모님에 대한 마음과 같은 추상적인 주제를 다룰 수 있습니다. 삶을 충분히 들여다보기 위해서는 오감을 이용해 자신의 삶을 살피는 연습을 해야 합니다. 따라서 동시를 읽고, 쓰기 위해서는 더 자세히 바라보고, 더 맡아보고, 더 느껴보고, 더 들어보고, 더 맛봐야 합니다.

동시를 읽으면 이제껏 보지 못했던 것을 볼 수 있게 됩니다. 예를 들어 동네 문구점의 모습을 표현한 동시를 읽고 나면 동네 문구점을 자세히 살펴보게 되는 것이지요. 새롭고 다른 관점으로 세상을 표현한 동시를 읽고, '아. 이렇게도 세상을 볼 수 있구나. 이런 생각도 할 수 있겠구나.' 하고 생각하게 되는 것이죠. 동시를 쓰기 위해서는 아이들의 삶을 들여다봐야 합니다. 이 과정에서 아이들의 감각은 확장됩니다. 감각의 확장은 학생들이 인식하는 세계가 확장하는 것을 의미합니다.

동시 수업은 아이들의 마음, 말, 행동에 영향을 줍니다. 동시를 통해 이제까지 몰랐던 친구의 마음과 상황을 알게된다면, 아이는 그 친구에게 말을 건네게 됩니다. 또한, 주변에 있었지만 보지 못했던 것들을 보게 되었으니 행동이 달라지고, 마음도 변하게 됩니다. 동시 수업은 매일 살아가는 하루의 소중함을 알게 하고, 우리의 일상과 경험의 가치를 깨닫게 해줍니다. 그래서 〈죽은 시인의 사회〉 속 주인공들은 시를 사랑하는 키팅 선생님을 만나 삶이 변했나 봅니다.

좋은 동시 수업을 위한 세 가지 방법

중국 송나라의 문인 구양수가 글을 잘 쓰기 위해서는 '삼다(三多)', 즉 세 가지를 많이 해야 한다고 말했습니다. 이 세 가지는 다독(多讀, 많이 읽기), 다상량(多商量, 많이 헤아리기), 다작(多作, 많이 쓰기) 입니다. 예나 지금이나 글을 잘 쓰기 위해서는 반복해서 꾸준히 연습하는 게 가장 기본적이고 유일한 방법인가 봅니다.

재미있고, 효과적인 동시 수업을 하기 위한 특별한 비법을 모르는 저는 동시 수업에 구양수가 말한 '삼다'를 적용합니다. 아이들과 동시를 많이 읽고, 이것저것 생각하고, 동시를 많이 써보게 하는 것입니다. 좀 더 구체적으로 말하면 좋은 동시를 많이 읽고, 아이들의 삶 속에서 여러 대상의 마음을 헤아리고, 솔직하고 자유롭게 많이 써보게 하는 것이죠.

우선, 좋은 동시를 많이 읽어야 합니다. 한두 편의 동시를 읽고 무작정 동시를 쓸 순 없습니다. 좋은 동시를 풍부하게 읽어야 좋은 동시를 쓸 수 있습니다. 좋은 동시를 읽기 위해서는 우선 좋은 동시를 골라야 합니다. 동시 중에 거짓 동시, 뻔한 표현을 쓴 동시, 인위적이고 교훈적인 동시를 제외하고, 솔직하게 쓴 동시, 공감되는 동시, 재미있는 동시를 읽어야 합니다. 좋은 동시는 어른이 썼을 수도 있고, 어린이가 썼을 수도 있습니다. 좋은 동시를 선별해 꾸준히 읽는 것이 중요합니다. 꾸준히 좋은 동시를 읽다 보면 저절로 아이들은 동시를 보는 눈이 생겨납니다. 아이들이 다양한 동시를 접하면서 솔직하고, 공감되고, 재미있는 동시의 모습을 구성하는 것이지요. 동시 읽기의 효과는 동시를 보는 눈을 갖게 하는 것에 그치지 않고 아이들이 동시를 쓰고 싶은 마음을 생기게 합니다.

'나도 비슷한 경험이 있는데, 이 동시만큼 쓸 수 있을 것 같은데?'
'지난주에 재미있는 일 있었는데, 이 동시처럼 쓸 수 있지 않을까?'
'내가 쓴 동시를 친구들이 재미있게 읽으면 어떤 기분일까?' 하고 말이죠.

둘째, 많이 헤아립니다. 다상(多商)을 통해 동시에서 무엇을 쓸지 찾아보고, 생각해보는 것이지요. 여기서 상이 생각할 상(想)이 아닌 商임에 집중해야 합니다. 商은 헤아린다는 의미입니다. 머리로 생각하는 것이 아니라 주변의 사람, 사물, 동물 등의 마음을 헤아리는 것입니다. 동시를 쓸 때 "생각이 안 나요"라고 말하는 아이가 있습니다. 동시는 이제까지 없었던 것을 새롭게 창조하거나 생각해서 쓰는 게 아닌데 말이죠. 생각하는 동시가 아니라 헤아리는 동시는 아이들의 삶과 주변에서 발견하는 것입니다. 따라서 아이들이 동시에 쓸 것들이 풍부하게 하려면 여러 개념이나 지식을 설명하는 사고의 과정이 아니라 자주, 그리고 많이 삶과 주변을 들여다보게 해야 합니다. 이렇게 주변을 헤아리기 시작하면, 박금분 할머니처럼 시가 천지에 가득하게 보이는 것이지요. 교사의 역할은 주변을 헤아리는 법을 가르치는 사람입니다.

셋째, 동시를 많이 써야 합니다. "어떻게 써야 할지 모르겠어요"라며 동시 쓰는 방법을 모르는 아이가 있습니다. 아이가 이렇게 도움을 요청할 때 선생님은 뭐라고 대답하시나요. 이럴 때면 "좀 더 생각해봐" 혹은 "일단 알아서 써봐" 하고 말해서는 안 됩니다. 동시로 쓰고 싶은 내용을 밖으로 끄집어내는 방법을 구체적으로 알려줘야 합니다. 동시 쓰는 방법을 알게 되면 아이들은 자연스럽게 여러 편의 동시를 쓰기 시작합니다. 교사는 아이들이 꾸준히 동시를 쓸 수 있도록 환경을 조성하고 유지해야 합니다. 아이들이 자유롭게 동시를 쓸 수 있도록 말이죠.

동시를 무르익게 하는 것

식물이 잘 자라기 위해서는 꾸준히 물과 영양분을 제공해야 합니다. 곡식이 무르익듯이 아이들의 동시를 무르익게 하는 꿀과 영양분은 무엇일까요. 우선, 꾸준한 동시 수업입니다. 일반적으로 한 학기에 한 단원에서만 동시를 읽고 쓰는데 그러다 보니 몇 편의 동시를 읽고, 따라 쓰고, 쥐어 짜내듯 동시를 쓰고 끝이 납니다. 대신에 한 달에 한 시간씩이라도 꾸준하게 동시를 읽고 쓰는 시간을 가지면 좋습니다. 한 단원 동안 집중적으로 물을 주는 것이 아니라, 틈틈이 물과 영양분을 주듯이 꾸준하게 동시를 접하는 동시 수업을 하는 것이지요. 아이들이 재미있어 하고 좋아하는 동시를 자주 읽고 나누는 시간이 필요합니다.

물과 영양분 이외에도 햇볕과 기온처럼 식물이 잘 자랄 수 있는 환경이 필요합니다. 동시라는 열매를 맺을 수 있도록 동시를 즐기는 편안한 분위기를 만들어야 합니다. 아이들은 뭔가 특별하고 근사한 동시를 써야 할 것 같다는 마음에 불편하거나 압박감을 받는데, 채점이나 평가를 위해 동시를 읽고 쓰는 것이 아니라 자신의 경험을 표현하는 방법의 하나로 동시를 바라봐야 합니다. 따라서 분량을 정하거나 시간을 재촉하지 말고 충분한 시간과 편안한 분위기를 만드는 게 좋습니다. 복도나 쉼터에서 쓰거나, 교실 뒤편에 누워서 쓰는 것처럼 편안한 장소와 자세로 동시를 쓰면 더 좋겠지요. 잔잔한 음악을 틀어줄 수도 있습니다.

곡식이 잘 자라기 위해선 농부의 관심과 사랑이 중요합니다. 농부는 곡식이 잘 자라고 있는지, 해충이 있지 않은지 부지런히 들여다봅니다. 동시 수업에서 교사는 아이들에게 관심을 가지고, 지지와 격려를 해야겠지요. 빨간 펜으로 틀린 맞춤법을 고쳐주거나 비유적 표현을 썼는지 확인하기보다 동시를 쓰는 것 그 자체를 존중하고 북돋아야 합니다. 교사의 칭찬은 동시 쓰기를 두려워하는 아이에게 용기를 주고, 동시를 쓰기 싫어하고 어려워하는 아이가 동시 쓰기를 한번 시도하게끔 만드는 효과가 있습니다.

동시가 무르익은 교실을 상상해 봅시다. 아이들이 날씨가 좋으니 선생님께 동시를 읽자고 조릅니다. 각자 좋아하는 동시집을 골라 야외로 나갑니다. 경은이는 쉼터에 누워 동시집을 읽고, 은성이와 희정이는 귓속말을 수군대며 동시를 씁니다. 상상만 해도 즐겁지 않으신가요.

제2장

동시 읽기

동시 읽기는 동시 수업의 시작이자, 동시 수업의 과정입니다. 재미있고 다채로운 동시를 읽어야 합니다. 재미있는 동시 읽기는 아이들이 동시를 즐길 수 있는 가장 쉽고 효과적인 방법입니다. 또한 다채로운 동시를 읽으면 자신만의 동시 취향을 갖게 되며, 동시의 세계로 들어올 수 있습니다. 동시 읽기를 통해 아이들이 동시의 세계에 흠뻑 빠져들었으면 좋겠습니다. 아이들, 저마다 가슴 속에 고이 담아둔 동시가 한 편씩은 있도록 말이죠.

동시 읽기 중요성

　　동시 읽기는 동시 수업의 첫 단추를 끼우는 일입니다. 가랑비에 옷이 젖듯이 좋지 않은 동시는 아이들에게 악영향을 줍니다. 아이들은 거짓 동시와 '~척'하는 동시를 모범으로 여겨 흉내 내거나 은연중에 그런 동시를 따라 쓰게 되는 것입니다. 어른들이 이제까지 좋은 동시라고 보여줬던 동시들이 진짜 좋은 동시인지 돌아봐야 합니다.

　　이제까지 해왔던 동시 수업을 살펴보면 동시를 느끼기보단 동시의 형식과 표현을 강조했습니다. 행과 연을 이해해서 표현하거나, 비유적 표현을 사용하는 게 목표가 돼버렸습니다. 동시를 분석적 관점으로만 접근하기도 했습니다. 비유적 표현이 주는 의미보다 원관념과 보조관념을 찾는 것에 더 열을 올리기도 합니다.

　　동시를 강요하기도 합니다. 아이들은 교과서에 나온 동시가 재미없는데, 재미있는 표현을 찾으라는 교과서 질문을 받고 고민합니다. '이게 정말 재미있나?', '나는 재미없는데 내가 이상한 건가?' 하고 말이죠. 사실 동시는 총체적으로 우리에게 다가오는 경우가 많습니다. 이 동시가 어떤 특징을 지녔고 어떤 의미를 담았는지 알게 된 후 좋아질 수도 있지만, 그런 이유 없이 읽자마자 '그냥' 마음에 들 수도 있습니다. 원관념과 보조관념이라는 말은 몰라도 비유적 표현이 그냥 더 와닿는 것처럼 말이죠.

어른들이 쳐놓은 울타리에 아이들을 갇히게 하는 잘못된 동시 읽기는 그만해야 합니다. 표현과 형식을 제한하고, 필요하고 바람직한 내용만 담은 동시 읽기를 멈추고, 반대로 아이들을 자유롭게 하는 동시 읽기를 해야 합니다. 형식과 주제, 표현 모두에서 자유롭도록 말이죠. '척'하는 동시 대신 올바르고 좋은 동시를 골라 아이들과 읽어야 합니다. 좋은 동시는 아이들의 생각이나 마음을 자유롭게 표현한 동시, 경험을 바탕으로 솔직하게 쓴 동시, 마음을 잘 드러낸 동시, 읽는 이가 공감해서 여운이 남는 동시, 동시의 맛을 잘 살린 동시입니다. 동시 읽기는 아이들을 동시에 스며들게 합니다. 아이들이 동시에 흠뻑 젖도록 꾸준히, 충분하게 동시를 읽어주시기 바랍니다.

아이들을 자유롭게 하는 동시

형식을 허무는 동시

끝나는 말을 맞춘다든지, 연마다 행을 맞추는 것처럼 동시하면 떠오르는 형식적인 틀이 있습니다. 도대체 그 형식적인 틀은 어떻게 생겼을까요. 앞에서 말한 것처럼 우리는 우리도 모르게 동시의 형식과 내용에 스며들었기 때문입니다.

아이들에게 "오리는?" 하고 물으면 자연스럽게 "꽥꽥" 하고 대답합니다. 입학 전부터 '오리는 꽥꽥 / 병아리는 삐악삐악 / 토끼는 깡충깡충'과 같은 노래를 불렀기 때문입니다. 발달 단계에 따라 '오리는 꽥꽥' 한다는 연상 짓기가 적절한 단계가 있지만, 그다음 단계로 나아가지 못하면 이런 형식적인 틀에 갇히게 됩니다.

20세기 미술사에 다다이즘이 있었습니다. 다다이즘은 기존 체계와 관습적인 예술에 반발해 예술의 틀을 확장한 운동으로 평가받습니다. 다다이즘의 대표적인 작가 마르셀 뒤샹은 화장실 소변기에 '샘'이라는 제목을 달아 전시 작품으로 제출합니다. 아름다운 작품만 예술이라는 형식을 파괴한 것이지요. 다다이즘이 예술의 틀을 깬 것처럼 저는 아이들의 마음과 머릿속에 있는 형식의 틀을 깨기 위해 형식적이지 않은 동시를 읽습니다.

프랑스의 소설가이자 극작가인 쥘 르나르가 쓴 〈뱀〉이라는 시가 있습니다. 이 시는 세상에서 가장 짧은 시인데, 그 내용이 '너무 길다'로 끝입니다. 저는 이 시를 보고 망치를 맞은 것 같았습니다. 제 머리 속에 있던 모름지기 시가 갖춰야 할 형식과 너무 달랐기 때문입니다. '고작 이런 게 시라고?', '정말 이 시를 시라고 할 수 있을까?' 하는 의문이 들었습니다.

쥘 르나르의 시는 아이들이 가진 시의 형식을 파괴합니다. 마치 예술을 확장하게 만든 뒤샹의 〈샘〉처럼 말이죠. 저는 아이들과 동시 수업을 할 때면 쥘 르나르의 시를 읽습니다.

"선생님이 시를 하나 읽어 줄 거야. 이 시는 프랑스 유명한 작가가 쓴 시란다."

프랑스 작가라는 말에 아이들은 괜히 근사하지 않을까 하는 기대를 합니다.

"제목은 뱀. 쥘 르나르."

"오 진짜 프랑스 시인인가 봐!"

"쉿. 눈을 감고 잘 들어보세요."

아이들이 눈을 감습니다.

"뱀. 쥘 르나르. 너무 길다."

정적이 흐르자 몇몇 아이들이 눈을 뜹니다.

"끝이에요?"

"끝. 눈 뜨세요."

"선생님 이게 정말 시 맞아요?" 하며 묻습니다.

"그럼 이것도 시지."

하고 말하면 학생들이 왁자지껄해집니다.

동시 수업에서 이 시를 가장 먼저 보여주는 이유는 아이들이 가지고 있던 시의 형식을 벗어나게 하기 위함입니다. 두 번째 이유는 부담감을 낮추기 위함인데, 아이들이 마음속으로 '이게 뭐야. 이 정도 시는 나도 쓰겠다!'라는 마음이 들면 성공입니다.

전문가들은 쥘 르나르의 시 〈뱀〉에서 뱀의 상징적 의미와 "너무 길다"라는 시구의 의미를 해석합니다. 저는 그런 해석을 할 수준도 아니며, 하고 싶지도 않습니다. 아이들에게 이 시에 나온 뱀이 무엇을 표현했는지는 중요한 것이 아니지요.

〈뱀〉을 통해 시는 한 줄이 될 수도 있고, 짧아도 된다는 분량의 자유로움을 경험합니다. 쥘 르나르의 시가 강력하긴 하지만, 아이들이 가진 동시에 대한 틀이나 선입견이 강하다면 아직 부족합니다. 이럴 때 필요한 건 형식의 틀을 흔드는 다양한 동시를 꾸준하게 읽어주는 것입니다.

동시 분량의 틀을 흔들기 위해 저는 유강희 시인의 동시를 읽어줍니다. 유강희의 《손바닥 동시》(창비, 2019)는 하나의 연, 3행짜리 동시를 엮은 시집입니다. 시집에 있는 모든 동시가 3행이기에 동시 읽기를 부담스러워하는 아이들이 읽기에 좋은 책이기도 합니다. 저는 〈만일 하느님도 오늘 방학을 한다면〉과 〈개〉를 읽어줍니다.

"이 동시는 딱 세 줄이란다."

"정말요?"

"동시에서는 길고 짧은 분량이 중요한 게 아니란다."

"그럼요?"

"동시를 읽어줄 테니 그게 뭘지 생각해 보렴."

분량이 짧더라도 담고 있는 의미가 충분하다면 좋은 동시입니다. "작은 고추가 맵다"라는 말처럼요. 이런 동시를 보여주면 아이들은 동시 분량에 대한 부담감이 줄어듭니다. 분량에 대한 부담감을 없애면 형식의 자유를 느낄 수 있습니다.

동시를 쓸 때 행마다 명사로 끝내야 한다고 생각하는 아이도 있습니다. 이런 아이들에게는 '~다'처럼 서술어로 끝나는 동시를 읽어주는 게 좋겠지요. 반대로 '~다'라고 행과 연을 맞추는 아이에게는 마침표가 없이 끝나는 동시, 아무런 규칙도 없는 동시를 읽어주면 좋습니다.

아이들이 가진 형식의 틀을 깨기 위해서 저는 신민규 시인의 《Z교시》, (문학동네, 2017)에 실린 〈숨은 글씨 찾기〉를 읽어줍니다. 읽어준다기보다는 보여준다는 게 더 맞겠네요. 신민규 시인은 이 동시에 숨은 글씨를 찾으라는 내용을 익살스럽게 담았습니다. 또한 띄어쓰기 없이 붙여서 썼는데, 멀리서 보면 6×10칸짜리 퍼즐처럼 보이기도 합니다. 이 동시에 신민규 시인은 기린, 이빨과 같은 숨은 글씨를 넣었는데, 이 시는 동시 같기도 하고, 숨은 그림처럼 보이기도 합니다. 아이들은 "저기 기린 있다!", "저기 고구마 있다!" 하고 숨은 그림을 찾듯이 동그라미를 치며 동시를 읽습니다. '눈이 핑핑 돌기 전'이라든지 '마빡

한 대' 하는 표현도 동시를 재미있게 만드는 요소입니다. 동시라면 응당 이런 모습일 것이라는 형식의 틀을 깨는 동시이지요.

　문현식 시인의《팝콘 교실》(창비, 2015)에 〈장사꾼 철봉이〉라는 동시가 있습니다. 이 동시는 주인공이 철봉에 반대로 매달렸더니 주머니에서 동전이 쏙 빠져 모랫바닥으로 떨어진 상황을 표현했습니다. 철봉에 매달리면 세상이 반대로 보이기 마련입니다. 저라면 "철봉에 매달리면 세상이 반대로 보인다"라고 표현했을 텐데 시인은 철봉에 매달렸을 때 했던 생각을 180도 돌려 표현했습니다. 달랑 한 줄 표현한 것에 비해 훨씬 실감 나고 재미있습니다. 참으로 기발한 접근입니다.

표현이 두드러진 동시

표현이 두드러지는 동시도 있습니다. 표현이 두드러진 동시는 읽는 재미가 있습니다. 보는 재미가 있다고 해야 할까요.

송찬호 시인의 〈민들레 꽃씨〉라는 동시가 있습니다. 이 동시를 읽으면 왜 눈으로 보는 재미가 있는지 알 수 있습니다. 몇 행, 몇 연이라고 말하기 어렵지만, 마지막 부분의 표현이 돋보입니다. 시어 '후'가 흩날리는 홀씨처럼 날아다닙니다. "민들레 꽃씨가 날아간다"라고 표현하는 것보다 더 생생하고 재미있습니다. 진짜 민들레를 분 것처럼 느껴지기 때문입니다. 이 동시를 읽고 교실 밖으로 나가 학교 화단에 핀 민들레를 찾아 직접 꽃씨를 '후' 하고 불어보면 어떨까요. 더 오래 여운이 남을 겁니다.

〈애벌레〉라는 동시는 제가 애벌레가 꿈틀거리며 움직이는 모습을 보고 쓴 동시입니다. 시어를 통해 애벌레의 움직이는 모습을 표현하려고 노력했는데, 그 노력이 느껴지실지 모르겠습니다.

애벌레

양효준

풀잎에 붙어있는 애벌레 한 마리
애라는데 털이 많다.

```
        꿈              틀꿈
꿈틀꿈틀        꿈틀꿈        휴우우우우


   틀   꿈   꿈   틀
꿈   꿈틀      틀꿈   꿈      휴우우우우
```

힘들 텐데도 계속 간다.
애를 써서
애벌레인가보다.

"애벌레가 꿈틀꿈틀 움직인다"라고 표현한 것보다 애벌레가 움직이는 것처럼 실감이 나시나요.

귀찮은 아침

이상원(하노이 한국국제학교)

일어나라!! 상원아!!
5분만
5분 만
5분 만
그래도
나는 일어나야
한다.

상원이의 〈귀찮은 아침〉입니다. 이 동시는 상원이가 매일 아침 겪는 엄마와의 아침 전투를 표현했습니다. 상원이는 엄마의 외침을 "일어나라"라고 그치지 않고 느낌표를 두 개나 사용했습니다. 게다가 실제 동시에서는 느낌표 색깔을 빨간색으로 표현했으니, 엄마의 외침이 얼마나 강력한지 느껴집니다. 엄마가 깨우는 소리에 "5분만" 하는 말이 점점 길어지는 표현을 보니 어떤 모습이 떠오르시나요. 저는 이불을 뒤집어쓰고, 조금만 더 자고 싶은 상원이의 간절한 모습이 상상됩니다.

표현에만 너무 주의를 기울인다면 겉치장에만 신경 쓴 동시가 될 수 있어 유의해야 하지만, 주제를 돋보이게 하는 표현은 동시를 더욱 매력적으로 만듭니다. 효과적인 표현 방법은 동시의 맛을 살립니다. 핸드폰 게임을 하는데, 캐릭터의 에너지가 점점 사라져 죽을 뻔한 위기를 드러내기 위해 글씨 크기를 점점 작게 쓴다든지, 깜빡이는 모습으로 표현해도 되겠지요. 시험 평가 결과가 나오는 날, 번호 순서대로 시험지를 받는데 침을 꼴깍하고 삼키는 긴장된 순간을 표현하기 위해 연을 많이 띄어 쓸 수도 있습니다. 표현의 울타리에서 벗어날 수 있게 하는 동시를 읽어야 합니다.

아이들을 자유롭게 하는 동시

주제가 자유로운 동시

어떤 주제의 동시를 읽어야 할까요. 교훈적이고 바람직해 보이는 동시보다 자유롭고 다양한 주제의 동시가 좋습니다. 주제의 제한이 없을 때 아이들은 아무런 자기검열 없이 동시를 쓸 수 있기 때문입니다.

이제까지 내용과 주제가 너무 교훈적인 동시를 읽지 않았는지 돌아봐야 합니다. 많은 동시가 친구와 변치 않는 우정, 가족 간의 화목, 친구들을 배려하는 마음처럼 교훈적인 주제를 담고 있습니다. 화목해야 한다는 당위적인 내용을 담지만, 사실 현실에서는 그렇지 않은 경우가 많습니다. '동시 속 형제는 콩 한 쪽도 나눠 먹을 정도로 사이가 좋은데, 난 동생이 왜 이렇게 싫지?', '나는 신경질적인 언니가 너무 싫은데, 동시에선 언니를 좋아하네. 내 성격이 나쁜 걸까?' 하는 생각이 듭니다. 그래서 스스로 죄책감을 느끼며, 마음에도 없는 '하나뿐인 소중한 동생을 사랑한다'라는 내용을 담은 거짓 동시를 쓰는 것이지요. 당위적이고 도덕적 교훈을 담은 동시보다 자신의 경험을 기반으로 솔직하게 표현한 동시를 읽는 게 좋습니다. 경험을 바탕으로 쓴 동시는 솔직하고 생생합니다. 예를 들어 나비를 보며 봄이 왔음을 표현한 동시와 주말에 아빠가 방귀를 '부욱' 하고 뀐 경험을 바탕으로 쓴 동시가 있다고 생각해봅시다. 어느 동시가 생생하고 재미있게 느껴지나요. 경험을 바탕으로 쓴 동시는 아이의 공감을 이끌고, 동시의 재미를 알게 해줍니다.

《나도 모르는 내가》(상상의 힘, 2011)에서 문현식 시인이 쓴 동시 〈담배 연기〉가 있습니다. 제목을 보고 놀라셨나요. 이 동시는 담배를 피우는 삼촌이 조카인 기남에게 담배 피지 말라고 충고하는 모습을 담았습니다. '후아', '푸우웁', '스으읍' 하는 소리까지 어찌나 잘 표현했는지, 정말 삼촌이 담배를 피우며 말하는 모습이 생생하게 그려집니다. 삼촌이 스스로 담배는 몸에 해롭다고 말하면서 담배를 피는 상황이 아이러니 하게 느껴져 재미있습니다. 삼촌은 담배꽁초를 버리고 떠나는데, 담뱃불은 아직 꺼지지 않았습니다. 연기가 계속 피어오르는 담배를 보고 기남이는 어떤 생각을 했을까요. 시인은 어떤 의도로 이 동시를 썼을까요. 작가의 의도를 떠나, 동시인데 담배 피우는 상황이 부적절하다고 생각하시나요? '아이들이 읽는 동시인데 어떻게 담배를 피우는 상황을 표현하지?' 하고 말이죠.

아동 문학계의 거장인 권오삼 시인이 쓴 동시 중에 〈ABC〉가 있습니다. 이 동시는 로마자 알파벳 ABC를 삼행시로 쓴 발상이 돋보입니다. 'C'는 '씨' 하고 시작하는데, 이 동시의 상황을 보면 이해가 됩니다. 초등학생 남자아이는 중학생 형한테 돈을 뺏겼습니다. 엎친 데 덮친 격이라는 말처럼 우산도 없는데 비가 오기 시작합니다. 이런 상황이니 '씨' 하는 소리가 저절로 나왔을 겁니다. 누구나 이 상황에서는 '우씨' 하면서 짜증이 나는 게 당연합니다. 이 상황에서 '인생이란 원래 그런 법이지' 하고 달관하는 태도로 비를 맞으며 터벅터벅 집으로 올 초등학생이 얼마나 되겠습니까. 오히려 자신의 마음을 솔직하게 표현하니 동시가 더 생생하고, 감칠맛 나지 않나요?

욕이라고 하기에는 애매하지만, '씨' 하고 말하는 게 바람직하지 않다고 느껴질 수 있습니다. 〈담배 연기〉와 〈ABC〉가 불편한 이유는 동시는 모름지기 순수하고 교훈적인 주제를 담고 있어야 한다고 여기기 때문입니다.

상대방을 비방하기 위한 욕설이나 부적절한 표현을 한다면 당연히 지도해야 하지만, 동시의 주제가 자유로울수록 아이들은 표현하고 싶은 바를 더욱 솔직하게 말할 수 있습니다. 아이들이 말하고 싶은 내용을 자유롭게 표현할 수 있는 표현의 자유를 줘야 합니다. 저는 표현의 자유가 아이들이 이 동시를 쓸 때 보장되어야 할 기본권이라고 생각합니다. 따라서 친구와 싸운 뒤 화가 안 풀린 마음이나 선생님에 대한 섭섭한 마음도 동시로 쓸 수 있습니다. 친구에게 샘이 났던 마음도 동시로 쓸 수 있고, 짝사랑하는 마음도 동시로 표현할 수 있습니다. 동시는 아이들을 통제하는 수단이 아니라 자유롭게 마음과 생각을 표현하고 표출하는 통로여야 합니다.

서툴지만 조심스럽게 짝사랑하는 마음을 표현한 한 아이의 동시를 읽어봅시다.

사랑이란 무엇일까?

박민준(청성초등학교)[*]

사랑이란 무엇일까?
사랑은 단순한 감정일까?

---

[*] 아이의 요청으로 가명을 사용했습니다.

그렇다면 나는 그녀를 사랑하는 것일까?

학기 초 그 작은 미소 하나로

모든 걱정이 사라지고

내 머릿속에 그녀로 가득 차서

습기 찬 창문에 그녀의 이름을 쓰고

보기만 해도 기분이 좋아지는

지금

이런 게 사랑이라면

난 사랑에 빠진 것이다.

사랑이란 무엇일까?

만약 사랑이

고백했을 때 차인다면, 나를 싫어한다면

대책이 없을 것 같아

고민만 하는 내가 원망스러운 것이라면

나는 지금 사랑에 아주 깊이 빠져있다.

앞으로 보기도 힘든 얼굴

잊고 싶어 발버둥을 쳐도 점점

좋아지는 감정을 가진

나는 사랑에 빠져있다.

이 동시를 읽기 전에 저는 '초등학생은 사랑하기 너무 어려', '초등학생이 무슨 사랑이야!' 하는 선입견과 편견이 있었습니다. 그래서 아이들끼리 사귄다고 하면 장난으로 봤고, 어른의 사랑에 비해 유치하다고 여겼습니다. 그런데 이 동시를 읽어보니 민준이의 짝사랑은 제가 했던 사랑만큼 절절하고 가슴이 시렸습니다. 여러분은 어떻게 느껴지시나요.

이제까지 동시의 형식, 표현, 주제의 틀을 깨는 동시를 읽었습니다. 제가 소개한 동시 외에도 다양한 동시를 읽어주시기 바랍니다. 아이들이 울타리에서 벗어날 수 있도록 말이죠. 아이들이 가진 형식, 표현, 방법의 틀이 깨지기 시작하면 아이들은 동시를 읽을 때 "이게 동시 맞아요?", "이것도 동시라고 할 수 있어요?", "이것도 동시가 되나요?" 하고 묻지 않습니다. 동시를 이해할 수 있는 범위가 넓어진 것입니다. 이런 인식의 확장은 동시 쓰기에도 효과가 있습니다. 동시를 많이 읽어서 어떤 틀에도 얽매이지 않는 학생들은 동시 쓸 때는 "선생님 몇 줄 써요?", "이렇게 써도 되나요?", "이 내용을 써도 돼요?" 하는 질문을 하지 않게 됩니다.

관찰이 돋보이는 동시

앞에서 접한 동시들의 목표가 아이들이 가진 동시의 굴레에서 벗어나는 데 있었다면, 이후에 읽을 동시의 목표는 '무엇이' 동시가 되는지, '무엇으로' 동시를 쓰는지 아는 것입니다. 아이들이 읽고 쓰는 동시는 아이들의 삶, 즉 아이들의 경험에서 시작합니다. 누구나 쉽게 할 수 없는 특별한 경험을 담은 동시를 읽는 게 아니라 누구나 겪었고, 겪을 수 있는 일상의 이야기를 담은 동시를 읽는 게 좋습니다.

우리의 일상 모든 것이 동시가 될 수 있습니다. 따라서 우리의 생활 속에 숨어 있는 순간을 포착한 동시를 읽어야 합니다. 박정섭 시인이 쓰고 그린 《똥시집》(사계절, 2019)에 〈식은땀〉이라는 동시가 있습니다. '식은땀' 하면 몸이 아파 힘들거나 오싹한 상황이 떠오르는데, 시인은 누가 흘리는 식은땀을 관찰했을까요. 동시를 읽기 전에 아래의 상황을 상상해봅시다.

더운 여름날, 방에서 에어컨을 틀고 핸드폰 게임을 하고 있는데, 엄마가 나를 불렀습니다.

"과일 먹자~"

나는 식탁에 앉았고, 엄마는 냉장고 과일 칸에서 참외 2개를 꺼냈습니다.

"또 게임 했어?"

"네"

엄마는 숙제했는지 물으며 참외를 깎습니다. 참외의 머리와 엉덩이를 '툭' 하고 잘랐습니다. 노란 참외의 껍질을 쓱 벗겨내자 하얀 속살이 드러났습니다. 엄마는 내가 한입에 먹기 좋은 크기로 참외를 잘랐습니다.

"이게 꽤 크네. 일단 먹고 모자라면 또 자르자."

"네. 잘 먹겠습니다."

참외가 시원하고 달았습니다. 그릇에 담긴 참외를 금방 반이나 먹었습니다. 자연스럽게 식탁 위에 있는 남아있는 참외로 눈이 갔습니다. 참외의 노란 껍질에 물방울이 송골송골 맺힌 게 보였습니다.

박정섭 시인은 참외 껍질에 물방울이 맺힌 순간을 동시로 썼습니다. 그냥 물방울이겠거니 하며 흔히 있는 일이라고 넘어갈 수 있는 순간을 '찰칵' 하고 포착한 것이지요. 게다가 물방울을 곧 죽음을 앞둔 참외가 흘리는 식은땀으로 표현했습니다.

김기택 시인이 짓고 노석미 작가가 그린 《빗방울 거미줄》(창비, 2016)을 보면 〈우리 동네 쓰레기장에는〉이라는 동시가 있습니다. 이 동시는 동네 쓰레기장의 모습을 자세히 관찰하고 썼는데, 이 동시를 읽으면 시인이 바라본 동네 쓰레기장의 모습이 그대로 그려집니다. 아무도 찾지 않는 쓰레기장에 침대와 옷장, 냉장고, 소파가 덩그러니 놓여 있습니다. 침대 위에는 바퀴 하나가 없는 녹이 슨 자전거와 화면이 깨진 텔레비전이 있습니다. 소파 옆에는 냄비가 있는데, 냄비 안에는 굽이 망가진 구두 한 켤레가 있습니다. 한 달째 그대로인 냉장고도 있는데, 누가 넣었는지 냉동칸에 화분이 있습니다. 전봇대 옆 느티나무에는 검은색 원피스가 걸려 있고, 음침하게 깨진 거울도 버려져 있습니다.

이 동시에서 관찰이 돋보이는 이유는 동네 쓰레기장에 있는 물건들을 하나하나 잘 살폈기 때문입니다. 아마도 시인은 쓰레기장 앞에 잠깐 멈춰 버려진 물건들을 바라보며 썼을 겁니다. 스쳐 가면서 본 순간만으로는 이 동시처럼 자세하게 쓸 수 없기 때문입니다.

관찰이 돋보이는 동시는 사실적이고, 솔직합니다. 그리고 동시에 담긴 순간과 상황이 생생하고, 구체적으로 그려집니다. 관찰은 오감을 바탕으로 합니다. 따라서 시각, 청각, 후각, 촉각, 미각을 바탕으로 쓴 동시를 읽어야 합니다.

관찰이 돋보이는 동시 읽기는 일상을 꼼꼼하게 보는 습관을 위한 양분이 됩니다. 동시 읽기를 통해 동시는 일상에 널려 있다는 것을 알려주는 것이지요. 일상을 관찰하는 힘이 생기기 시작하면, 보물찾기하는 것처럼 아이들은 일상 속 동시의 소재(글감)를 발견하는 재미를 알게 됩니다. 따라서 〈식은땀〉과 〈우리 동네 쓰레기장에는〉처럼 관찰이 돋보이는 동시를 많이 읽어야 합니다.

경험을 바탕으로 솔직하게 쓴 동시

공감을 이끄는 시

좋은 동시는 마음을 들썩이게 합니다. 마치 동시 속에 있는 것처럼 동시 속에 빠져들게 합니다. 그러다 보면 내가 동시의 화자나 인물이 되어 공감하게 됩니다. 공감은 상대방이 느끼는 감정이나 기분을 비슷하게 받아들이는 것을 말합니다. 상대방의 마음을 헤아리고, 그 감정을 공유하는 것이지요.

김용택 시인이 쓴 《강 같은 세월》(창비, 1995)에 〈이 바쁜데 웬 설사〉라는 동시가 있습니다. 이 동시의 배경은 들판입니다. 주인공은 소를 몰고 집으로 가는 길이었습니다. 갑자기 배가 슬슬 아파지기 시작하고, 소나기가 오기 시작했습니다. 배가 요동치더니 얼른 똥을 눠야 하는 긴급 신호가 왔습니다. 들판에 몰래 똥 눌 곳을 찾으려고 하는데, 하필 소는 가기 싫다고 말을 안 듣고 허리끈도 안 풀어집니다. 식은땀이 삐질삐질 났을 겁니다. 다들 비슷한 경험이 있으시죠? 저는 이 시를 읽으며 군대에서 야간 근무 중에 화장실에 가고 싶은데 근무 시간이 한참이 남아 식은땀을 흘리며 혼났던 경험이 떠올랐습니다. 저는 이 상황이 얼마나 공감이 됐는지 반 아이들에게 읽어줘야겠다고 마음먹었습니다.

동시를 읽는데, 아이들은 생소한 단어에서 멈칫했습니다.

"선생님 소낙비가 뭐예요?"

"뭐일 것 같아?"

한 친구가 소나기라고 말해서 고개를 끄덕였습니다.

"선생님 바작은 뭔가요?"

바작은 저도 이 시를 읽으면서 찾아봤던 물건입니다. 바작은 발채의 전라도 지방 사투리인데, 발채는 지게에 얹어 짐을 싣는 데 쓰는 소쿠리 모양의 물건* 을 말합니다. 지게를 본 적이 없을 것 같아 사진 자료를 보여줬습니다.

동시를 다 읽자 아이들은 키득키득 댑니다. 아이들이 사는 곳이 아파트 단지라 주변에 이런 들판도 없고, 소를 돌본 적도 없고 지게도 박물관에서 본 게 다일 텐데 말이죠. 이렇게 아이들의 생활 환경과 다르더라도 좋은 동시는 동시 속 상황에 빠져들게 만들고, 인물에게 공감하게 합니다. 직접적 경험이 없더라도 이 상황이 그려지기 때문입니다. 사실 아이들은 들판에서 볼일을 봐야 했던 경험은 없지만, 화장실이 급했던 상황에서 식은땀을 흘린 비슷한 경험은 있을 겁니다. 오줌이 마려웠는데 엘리베이터가 너무 늦게 내려와 고비를 넘겼던 상황처럼 말이죠.

오은영 시인이 짓고 배현정 작가가 그린 《생각 중이다》(바람의 아이들, 2009)에 〈억울해〉라는 동시가 있습니다. 이 동시의 배경은 즐거

---

* 표준한국어대사전

운 토요일 저녁입니다. 엄마는 드라마를 보고, 아빠는 신문을 보고, 동생은 블록 맞추기를 하고 있습니다. 각자 휴일의 달콤함을 즐기는 중입니다. 그러나 화자인 나는 학원 숙제일 수도 있고, 부모님과의 약속일 수도 있는 수학 문제집을 풀고 있습니다. 컴퓨터 게임을 하고 싶은 마음이 굴뚝같은데 말이죠. 가족이 모두 여유를 만끽하는 주말, 홀로 공부해야 하는 주인공은 얼마나 억울할까요. 늦게까지 학원이나 학교 숙제를 했던 경험이 있거나 동생은 노는데 혼자 공부해야 하는 경험을 한 아이들은 이 동시를 읽으며 공감하게 됩니다. 〈억울해〉는 아이들이 아이들 말로 '격공(격하게 공감)'한 동시입니다.

사실 아이들은 반 친구들이 쓴 동시에 더 공감합니다. 아이들이 경험하는 삶의 세계가 유사해서 상황을 더 쉽게 이해하기 때문입니다. 거주 지역이 근처인 아이들이 같은 초등학교에 다닙니다. 그러다 보니 같은 반 아이들의 생활 반경이 겹칩니다. 비슷한 생활을 기반으로 쓴 친구들의 동시가 모르는 사람이 쓴 동시보다 더 와닿습니다. 예를 들어 한 학생이 학교 앞 '매콤달콤'에서 떡볶이를 먹었는데, 너무 매워서 입술이 퉁퉁 경험을 동시로 썼습니다. 우리 학교 앞에 있으니 반 아이들이 모두 다 아는 가게겠지요. 그러다 보니 친구가 쓴 동시를 읽고 '맞아. 매콤달콤 진짜 매워. 나도 매워서 물 엄청나게 먹었어.' 하고 공감하게 됩니다.

같은 반 친구들끼리는 생활 반경 외에도 삶의 모습과 방식이 비슷합니다. 같은 수업을 듣고, 같은 점심 메뉴를 먹고, 같은 수업 활동을

동시 쓰는 아이들

합니다. 방과 후의 일상도 비슷합니다. 학원을 많이 다니는 친구들이 많으면 본인도 학원에 다닐 가능성이 크고, 친구들이 방과 후에 남아 학교에서 매일 논다면 그 아이도 함께 놀 가능성이 큽니다. 결국, 같은 동네에 사는 반 친구들이 쓴 동시가 공감을 이끌기에 가장 좋습니다. 이것이 친구들이 쓴 동시를 읽는 시간이 꼭 필요한 이유입니다.

물론 같은 생활 반경을 공유하고, 삶의 모습과 방식이 비슷하다고 해서 친구들이 쓴 동시에 모두 공감할 순 없습니다. 같은 경험도 다르게 인식하고 받아들이니까요. 그래서 어떻게 동시를 읽고 공감하느냐고 생각하실 수 있습니다. 떡볶이가 매웠다는 친구의 동시를 보고 '정말? 나는 그렇게 맵지 않던데?' 하고 느꼈을 수 있습니다. 토요일 오후에 혼자 수학 문제집을 푸는 동시를 읽고 '당연히 그래야 하는 거 아냐?' 하고 생각할 수 있습니다. 각기 다른 존재인 개인은 개인마다 세상을 다르게 인식하고 받아들입니다. 이런 관점에서 본다면 모든 학생이 공감할 수 있는 동시는 찾을 수도 없고, 존재하지도 않습니다. 하지만 사실 동시와 공감의 관계는 그 반대입니다. 동시를 읽었기 때문에 '나는 맵지 않았지만, 이 친구는 매웠을 수도 있구나!' 하고 느끼고, '나는 토요일 오후에 혼자 문제집 풀어도 괜찮은데, 생각해보니 이 친구의 상황에서는 억울하겠네!' 하고 생각할 수 있습니다. 동시를 읽으며 서로 다른 존재로서 서로를 이해하고 인정하는 것입니다.

경험을 바탕으로 솔직하게 쓴 동시

가정생활이나 학교생활을 소재로 한 시

아이들의 삶을 바탕으로 쓴 동시를 읽어야 한다는데, 아이들의 삶과 가까운 것은 무엇일까요. 아이들의 모습을 자세히 살피면 아이들의 삶과 가까운 것을 알 수 있습니다. 아이들이 생각하고 느끼는 것들은 어떤 대상을 만나거나, 어떤 장소에서 경험한 것을 바탕으로 합니다. 아이들 삶을 구분하면, 아이들이 만나는 대상과 생활하는 장소로 나눌 수 있습니다.

아이들이 생활에서 만날 수 있는 대상은 가족, 친구, 반려동물, 자연물 등이 있습니다. 쉽게 볼 수 없는 동물이나 친척은 가끔 만나는 대상이겠지요. 생활 공간으로 구분하면 학교, 집, 학원 등이 있을 겁니다. 일상적 공간은 아니지만 기념일에 다녀온 식당이나 휴가에 다녀온 해수욕장, 놀이동산도 생활 공간이 될 수 있습니다. 만나는 대상과 생활하는 장소에 따른 동시는 다양하겠지만, 아이들은 자신들의 일상과 비슷한 내용에 더 쉽게 공감할 수 있습니다. 따라서 아이들이 가장 많은 시간을 보내는 가정과 학교의 생활을 담은 동시나 아이들이 가장 많이 만나는 가족이나 친구, 선생님에 대한 동시를 읽어주는 게 좋습니다.

조재도 시인이 쓴《자물쇠가 철컥 열리는 순간》(창비, 2015)에 〈따라쟁이〉라는 동시가 있습니다. 화자(나)와 동생이 서로 다투는 상황인데, 동생이 있다면 누구나 공감할 만한 동시입니다.

동생이 계속 귀찮게 나를 따라옵니다. 부엌에도 따라오고, 화장실까지 따라오려고 합니다.

"아 그만 따라와~" 하고 동생을 밀쳤습니다.

쪼그만 녀석이 나를 밀치고, 자기 방으로 도망갑니다.

"너 이따 죽어" 하고 말하니 "너 이따 죽어" 하고 따라 말합니다.

짜증이 나서 방으로 들어가 '쾅' 하고 문을 닫아버렸습니다.

방에서 핸드폰도 하고, 책도 읽었는데 짜증이 가라앉지 않았습니다. 밖이 조용하길래 조용히 문을 열어 주변을 살폈더니, 동생은 소파에서 편하게 누워서 자고 있었습니다. 속이 부글부글했지만, 어이가 없어서 헛웃음이 나왔습니다.

동생이 있다면 이와 비슷한 경험이 있을 겁니다. 동시처럼 자신의 행동을 따라 하며 약 올리는 동생이 있다면 얼마나 얄밉겠습니까.

이번에는 가정생활에서 있을 법한 부부싸움을 주제로 담은 동시입니다. 이 동시는 제가 겪은 경험을 바탕으로 쓴 동시입니다. 형네 집에서 조카와 놀고 있었는데 형과 형수의 말다툼이 점점 과열되기 시작했습니다. 심상치 않은 분위기를 눈치챈 저와 조카는 고래 싸움에 새우 등 터질까 봐 조용히 방으로 들어갔습니다. 방에서 조카와 했던 대화를 바탕으로 쓴 〈비상사태〉라는 동시를 읽어봅시다.

비상사태

양효준

치지직

여기는 우리 집. 응답하라 오버.

치지직

여기는 통제실. 무슨 일인가 오버.

치지직

금요일 밤, 비상사태 발생. 비상사태 발생.

치지직

엄마는 필요 없다고 빼라고 하고

아빠는 필요하다고 이것저것 넣으면서 싸운다. 오버.

치지직. 사태 파악 완료.

비상사태다. 신속하게 방으로 대피하라. 오버!

동시 속 엄마 아빠는 캠핑장에 가져갈 짐으로 싸움을 합니다. 참 사소한 말다툼입니다. 어린 시절, 저의 경험이 떠오릅니다. 부모님의 사소한 대화에서 시작된 말다툼이 점점 과열되기 시작했습니다. 그 당시에 저는 부모님의 눈치를 보며 슬그머니 방으로 들어가거나 쥐 죽은 듯 조용히 있었습니다. 이 동시는 부부싸움을 바라보는 아이들의 시선을 무전기를 사용하는 상황으로 재미있게 표현하고자 했습니다.

〈따라쟁이〉와 〈비상사태〉는 아이들이 생활하는 가정생활의 경험을 다루며, 가족을 소재로 한 동시입니다. 가족은 아이들과 가장 가깝고 오랜 시간을 함께하기에 가족을 소재로 한 동시는 친숙하고 재미있습니다. 동시 읽기가 풍부해지면, 아이들은 가정에서 가족과 겪은 경험과 일상을 동시의 소재로 포착할 수 있게 됩니다.

이번에는 아이들이 집 다음으로 많은 시간을 보내는 학교 생활을 바탕으로 쓴 동시입니다. 학교는 가정에서 겪을 수 없는 학교만의 경험과 상황이 있습니다. 친구도 있고, 선생님도 있는 점이 가정과 구별되는 점입니다.

김개미 시인이 쓰고 최미란 작가가 그린 《쉬는 시간에 똥 싸기 싫어》(토토북, 2017)에는 같은 제목의 동시가 있습니다. 아이들은 학교에서 똥 누는 것을 싫어하는데, 아무리 배가 아파도 하교 시간까지 참는 아이도 있습니다. 김개미 시인은 아이들이 똥 싸기 싫어하는 이유와 상황을 솔직하게 동시에 표현했습니다. 쉬는 시간에 똥을 싸면 되지만, 아이들에게는 말처럼 쉽지 않습니다. 쉬는 시간에 똥을 싸면 화장실에 칸막이가 있어도, 누군가 나의 똥 냄새를 맡을까 봐 혹은 똥 싸는 소리를 들을까 부끄럽기 때문입니다. 그래서 화장실에 누군가 있으면 아무도 없을 때까지 똥을 참게 되는 것이죠. 하지만 쉬는 시간에 화장실은 이용하는 친구들이 많아 언제나 북적입니다. 그래서 수업 시간에 화장실에 갑니다. 조용한 화장실에서 편하게 쌀 수 있으니까요. 아이들이라면 누구나 공감할 만한 동시입니다.

신민규 시인의 〈비빔말〉이라는 동시도 있습니다. 비빔밥도 아니고, 비빔말은 뭘까요. 교실에서 한두 명이 떠들기 시작하면 금세 어수선해집니다. 저는 아이들이 떠들 때면 "잠시 지방방송 좀 꺼주겠니?" 하고 말하는데, 선생님들도 비슷한 경험이 있으실 겁니다. 신민규 시인은 이런 소란스러운 교실의 모습을 여러 채소가 모인 비빔밥으로 봤습니다. 비빔밥을 이루는 알록달록한 채소처럼 아이들의 말이 모여 비빔말이 되었다고 표현했습니다. 아이들의 소리가 모여 '와글와글'이 되었는데, 그 순간 선생님의 마음이 '부글부글' 한다고 표현 부분도 재미있습니다. 아이들도 재미있어 하지만, 선생님들도 고개가 절로 끄덕여지는 동시입니다.

이처럼 가정과 학교의 생활을 표현한 동시는 아이들에게 심리적으로 가깝게 느껴집니다. 아이들이 동시에 스며들도록 충분히 많은 동시를 읽어주시기 바랍니다. '아! 지난주에 엄마 몰래 핸드폰을 했는데…. 이걸 동시로 써볼까?', '담임 선생님이 또 아재 개그를 하시네. 선생님은 이런 개그를 하면 웃길 거라고 생각하는 것 같아. 근데 사실 하나도 안 웃긴데…. 동시로 써볼까?' 하는 생각이 들 때까지 말이죠.

한 방이 있는 동시

영화가 진행될수록 극적 긴장감이 높아지다가 마지막에 '짠!' 하고 해결되는 〈식스 센스〉나 〈쏘우〉 같은 영화를 반전영화라고 합니다. 이런 영화들은 시작과 동시에 관객들을 몰입하게 만들어 끊어질 듯 말 듯 팽팽한 고무줄처럼 긴장감을 고조시킵니다. 영화의 마지막까지 긴장의 끈을 놓지 못하다가 긴장이 최고조에 도달했을 때 통쾌한 한 방으로 마무리를 선사합니다. 마지막 한 방으로 미궁에 빠졌던 단서들이 퍼즐처럼 신기하게 딱 맞춰집니다.

반전영화처럼 카타르시스를 주는 동시가 있습니다. 저는 이런 동시를 반전이 있는 동시, 한 방이 있는 동시라고 말합니다. 한 방이 있는 동시는 눈으로 읽는 것도 재미있지만 듣는 게 더 재미있습니다. 눈으로는 휙 하고 금방 읽어버리지만, 귀로 들으면 한 단어, 한 단어에 귀 기울이며 동시에 몰입하기 때문입니다. 선생님 혹은 끼가 많은 친구가 실감이 나게 읽으면 더욱 좋습니다.

한 방이 있는 동시를 읽을 때는 감정과 상황을 천천히 고조시키는 과정이 중요합니다. 아이들이 동시를 읽을수록 상황에 더 몰입하도록 차근차근 감정을 쌓아가야 합니다. 그래야 마지막 반전의 효과가 더 크지요. 한 방이 있는 동시를 다 읽고 나면 반전영화를 본 것처럼 여운이 오래 남습니다.

신민규 시인의 〈안 보고 싶다〉를 읽어봅시다. 도대체 누구를 안 보고 싶다는 건지 제목부터 궁금하게 합니다. 직접 소리를 내 아이들에게 읽어주시면 한 방이 있는 동시가 어떤 느낌인지 더 생생하게 알 수 있습니다. 동시를 읽다 보면 안 보고 싶은 그 누구에 대한 단서들이 나오기 시작합니다.

하나, 만난 적이 없고, 앞으로도 만나고 싶지 않다.
둘, 가끔 TV에 나오는데 그럴 때마다 나는 고개를 돌린다.
셋, 걔와 밥 먹고, 게임을 하는 생각만 해도 끔찍하다.

과연 안 보고 싶은 그 사람은 누구일까요. 독자의 궁금증이 계속 커지다가 안 보고 싶은 대상이 마지막 연에서 '짠' 하고 밝혀집니다. 누구는 바로 귀신이었습니다. 범인의 정체를 알게 된 아이들은 '아~' 하고 탄식합니다. 마지막 범인이 밝혀졌을 때 앞에서 들었던 단서들이 딱! 들어맞았기 때문입니다. 바로 이런 게 한 방이 있는 동시의 맛입니다.

김개미 작가의 〈이게 뭐야〉도 한 방이 있는 동시입니다. 제목에 나온 이게 뭘까요? 첫 연에 나오는 할머니는 그냥 우리 할머니가 아니라 눈이 침침한 할머니입니다. 나중에 이어질 반전을 위한 단서가 되는 것이죠. 눈이 침침한 할머니는 선물로 화단 앞에서 뭔가를 주워 봉투에 담았습니다. 할머니는 사랑하는 손주에게 분꽃 씨를 선물로 준 것이죠. 분꽃 씨를 모르는 아이들이 있다면 토끼 똥을 닮은 분꽃 씨 사진을 미리 보여주면 좋습니다. 서울에 오는 길에 할머니가 정성스레 싸 준 봉투를 열어 보았습니다. 알고 보니 할머니가 봉투에 넣어 주신 선 물은 분꽃 씨가 아니라 공벌레였습니다. 눈이 침침한 할머니는 공벌레 를 분꽃 씨로 착각한 것이지요. 이 동시를 읽고 피식 하고 미소를 짓지 않으셨나요.

〈안 보고 싶다〉가 긴장감을 높여 마지막을 '팡' 하고 터뜨리는 동 시라면, 〈이게 뭐야〉는 소소한 반전이 있는 동시라고 할 수 있습니다.

〈안 보고 싶다〉와 〈이게 뭐야〉의 공통점은 동시가 진행될수록 감정 이 고조된다는 점 이외에 제목이 특별하다는 점도 있습니다. 한 방이 있는 동시의 제목은 독자의 궁금증을 자아내야 합니다. 제목에서 이미 반전을 밝혀버리면 동시를 읽기도 전에 김이 빠져 버리니까요. 이미 결론을 알고 영화로 본다면 영화의 플롯이 뻔하게 느껴지는 것과 마 찬가지입니다.

감칠맛이 나는 동시

감칠맛은 음식을 먹은 뒤에도 계속 남아있는 맛을 말합니다. 감칠맛이 나는 동시는 읽고 난 후에 여운이 남거나 또 생각날 만한 재미있는 동시입니다. 신민규 시인의 〈읽지 마시오〉를 한번 읽어봅시다. 제목이 '읽지 마시오'이니 안 읽으셔도 됩니다. 하지만 이렇게 가슴을 두근두근하게 하는 동시를 읽지 않을 수 있을까요.

동시에서 반복적으로 "읽지 마시오"라고 말합니다. 동시는 읽지 말라고 하는데 신기하게도 계속 읽게 되지요. 마지막 연에 '읽지 마'가 아닌 '잊지 마'라는 시어가 나옵니다. 동시를 다 읽고 넘어가려는 읽는 이를 잠시 멈칫하게 만듭니다. 이 동시에는 네 가지 맛이 있습니다.

하나, 첫 줄을 읽기 시작하면 계속 읽게 하는 맛.

둘, 다 읽었는데 한 번 더 읽게 만드는 맛.

셋, 동시의 다음이 궁금해지는 맛.

넷, 집에 갔는데 또 생각나는 맛.

이번에는 박정섭 시인의 〈아낌없이 주는 휴지〉를 읽어봅시다. 아낌없이 주는 나무는 들어봤는데, 아낌없이 주는 휴지는 어떤 휴지일까요. 화장실에 있는 휴지가 길게 늘어진 모습을 '대/롱/대/롱'으로 표현한 부분이 재미있습니다. 마지막 부분에 '대롱대롱'과 비슷하게 '메롱메롱'으로 끝낸 부분도 돋보입니다. 휴지가 길게 내려온 모습을 아껴 쓰지 않아서 메롱 한다는 주제도 고개가 끄덕여집니다.

〈아낌없이 주는 휴지〉를 읽고 화장실에 갔습니다. 휴지가 길게 늘어져 있는 모습을 보니 이 동시가 떠올랐습니다. 휴지가 매달린 모습을 보니 정말 저를 보고 메롱 하는 것 같더군요. 그래서 저는 휴지의 혀가 길어지지 않도록 잘라버렸습니다. 메롱 하지 못하게 말이죠. 감칠맛 나는 음식은 또 생각이 나듯 재미있는 동시는 금방 사라지지 않고, 마음과 머릿속에 남아있습니다.

〈읽지 마시오〉는 읽고 싶은 우리의 마음을 자극하고, 〈아낌없이 주는 휴지〉는 일상 속의 물건을 자세히 관찰하고 서사를 붙여 감칠맛 나게 만든 동시입니다. 감칠맛이 나게 하는 건 특별한 비법처럼 어떤 방식이나 규칙이 있는 것이 아니라 동시의 일부분을 두드러지게 잘 표현할 때 자연히 생기게 됩니다.

생생하고, 경험을 바탕으로 쓴 동시도 감칠맛이 나는 동시가 됩니다. 김용택 시인의 《너 내가 그럴 줄 알았어》(창비, 2008)에 담긴 〈보리〉라는 동시가 있습니다. 이 동시는 아이들끼리 실제 학교 화단에서 했던 대화를 바탕으로 썼습니다. 화단에 핀 보리를 보며, 아이들은 "파", "마늘", "고구마"라고 자신이 아는 채소를 말합니다. 실제 보리의 생김새도 모르면서 대충 둘러 말하는 거지요. 동시가 끝났지만 다해, 수현이, 재석이 말고 다른 아이들은 보리를 보고 뭐라고 했을지 궁금해집니다. 맛있는 음식을 다 먹었지만, 더 먹고 싶은 것처럼 감칠맛이 나는 동시는 동시가 끝난 후를 궁금하게 합니다.

김상욱 교수가 엮은 《나도 모르는 내가》(상상의 힘, 2011)에 담긴 진현정 시인의 〈사랑〉을 읽으며 아이들의 사랑을 느껴봅시다. 화자(나)는 같은 동에 사는 새희를 좋아합니다. 우연히 나는 새희와 같이 엘리베이터를 타게 됐습니다. 그냥 엘리베이터도 아니고, 그냥 아파트도 아니고 '대한민국 서울시 논현동 파란 아파트'에서 말이죠. 이렇게 구체적 쓴 이유는 그만큼 지금 이 엘리베이터에 같이 있는 이 상황이 극적으로 느껴지기 때문입니다. 사랑에 빠졌을 때 사소한 것들이 특별해지는 건 어른이나 아이나 똑같나 봅니다.

좋아하는 아이와 단둘이 엘리베이터에 있다니 얼마나 떨릴까요. 얼마나 크게 뛰길래 지구의 심장이 뛰는 것처럼 느껴졌을까요. 쿵 쿵 쿵 쿵 하고 심장 뛰는 소리가 저에게도 들리는 것 같습니다. 아쉽게도 동시는 이렇게 끝이 납니다.

엘리베이터의 문이 열리기 전에 말을 해야 할 텐데. 주인공은 용기를 내서 새희에게 말을 걸었을까요. 말을 걸었다면 어떤 말을 했을까요.

궁금하시죠?

그거 보세요. 동시도 감칠맛이 있다니까요.

동시 읽는 수업
동시 수집하는 선생님

　교사는 좋은 동시를 쓰는 사람이 아니라 좋은 동시를 읽어주는 사람이라고 생각합니다. 여기서 동시를 읽는다는 말은 교사가 소리 내어 읽는다는 의미가 아니라 좋은 동시를 골라 읽을 수 있는 환경을 만든다는 의미입니다. 읽는 주체에 따라 선생님이 읽거나 반 전체가, 모둠 혹은 개인별로 읽을 수도 있습니다. 소리 내어 읽거나 조용히 읽을 수도 있고, 누군가 읽는 동시를 들을 수도 있습니다. 게임처럼 동시를 읽을 수도 있습니다. 보물찾기를 하듯이, 동시를 교실에 숨겨놓고, 찾아 읽는 활동도 있습니다. 협동해서 동시를 맞추는 활동도 있습니다. 동시 전체가 아니라 행이나 연으로 잘라 무작위로 교실에 동시를 붙여놓습니다. 교실 뒤편 거울에 동시를 붙여놓기도 하고, 창문가에도 붙여놓는 거죠. 교실을 돌아다니며 찾은 부분을 합쳐 동시의 흐름에 맞게 순서를 맞추는 활동도 할 수 있습니다. 이처럼 동시 읽는 방법은 다양합니다.

　그렇다면 동시는 언제 읽어야 할까요. 동시 쓰기는 동시 읽기보다 더 오래 걸리기 때문에 별도의 시간을 확보하는 게 좋습니다. 하지만 동시 읽기는 시간 날 때마다 할 수 있습니다. 짧은 동시 한 편을 읽는 데는 시간이 오래 걸리지 않기 때문입니다. 저는 국어 수업 시간에도 동시를 읽지만, 그 외의 시간에 더 많이 읽습니다. 틈이 있을 때마다 읽는데, 수업 시작하기 전 아침 시간에 읽기도 하고, 수학 시간이 빨리 끝나 시간이 남을 때도 한 편 읽습니다. 점심시간에 읽을 수도 있고, 비가 오는 날에는 비와 관련된 동시를 읽고 수업을 시작할 수도 있겠죠. 한 편만 간단하게 읽는다고 본다면 동시 읽는 기회는 언제 어디에나 있습니다.

국어 교과의 전문가들이 교과서에 여러 기준으로 좋은 동시를 실어놨지만, 우리 반 아이들에게 재미있거나 친숙하게 느껴지지 않는 이유는 전문가와 우리 반 아이들과의 거리가 너무 멀기 때문입니다. 우리 반 아이들과 가장 밀접한 사람이 담임 교사라는 점에서 교사가 직접 고른 동시를 읽어주는 게 좋습니다. 저는 아이들을 자유롭게 하는 동시, 경험을 바탕으로 솔직하게 쓴 동시, 재미있는 동시로 구분했지만, 선생님만의 좋은 동시의 조건과 기준을 정하고 좋은 동시를 읽어주시기를 바랍니다.

좋은 동시를 모아두면 동시 수업 이외에 교과나 생활지도에 활용할 수 있습니다. 물 부족 문제를 알아보는 수업을 할 때는 조재도 시인의 〈가뭄〉을 활용할 수 있습니다. 푸드 마일리지와 로컬푸드를 수업할 때는 문현식 시인의 〈저녁 반찬〉도 가능합니다. 점심을 먹고 깜빡 조는 친구가 있으면 세수를 하고 오라는 말 대신 이은영 작가의 〈책 속의 길〉을 함께 읽어 볼 수도 있습니다. 좋아하는 친구가 생긴 아이가 있다면 김개미 시인의 〈침이 마른다〉를 함께 읽고 사랑과 용기가 뭘지 이야기해도 좋겠지요. 아이들과 처음 만나는 학년의 첫날 권영상 시인의 〈처음엔 다

떨지)를 읽으면 편안한 분위기를 만들 수 있습니다. 좋은 동시를 풍부하게 지닐수록 수업과 생활지도의 방식도 풍부해집니다.

따라서 교사는 좋은 동시가 가득한 동시 보따리가 있어야 합니다. 좋은 동시를 보면 달아나지 않게 얼른 주워 선생님만의 보따리에 넣어두시기를 바랍니다. 좋은 동시는 평생 읽어도 모두 읽을 수 없을 만큼 무수히 많이 있고, 앞으로 더 나올 테니 조급할 필요는 없습니다. 하루에 여러 동시집을 몰아서 읽기보단 조금씩 꾸준히 읽는 게 좋습니다. 우리는 부지런히 동시를 모으는 일을 계속해야 합니다.

동시 읽는 수업

내가 좋아하는 동시

"얘들아. 이제까지 많은 동시를 읽었는데, 내가 좋아하는, 마음에
드는 동시를 골라봅시다."

아이들이 시끄럽게 찾습니다.

"몇 개 골라요?"

"개수 제한 없이 다 고르세요."

열 개를 고른 아이도 있습니다.

"모둠 친구들과 각자 고른 동시를 이야기해봅시다."

아이들은 자기가 고른 동시와 같은 동시를 고른 친구를 보며 좋아하
기도 하고, 친구가 말한 동시를 듣고 '맞아, 맞아' 하며 동시를 추가하기
도 합니다.

"여러분이 고른 동시들은 어떤 공통점을 가지고 있나요?"

아이들이 토의해서 찾은 동시의 공통점이 몇 가지 나옵니다.

여러분은 좋아하는 동시가 있으신가요. 없으시다면 좋아하는 책이
나 영화가 있으신가요. 이번에도 없으시다면 좋아하는 음식이 있으신
가요. 내가 좋아한다는 건 어떤 의미일까요. 좋아한다는 것은 보는 눈
이 생겼다는 말입니다. 대상에 대해 잘 알고, 나만의 기준이 생길 때
좋아한다고 말할 수 있습니다. 좋아하는 음식은 바로 말할 수 있지만,

좋아하는 동시를 말하지 못하는 이유는 무엇일까요. 동시를 많이 접해보지 않아 동시를 보는 기준이 아직 없기 때문입니다. 예를 들어 콩국수를 좋아하는 사람은 잔치국수나 칼국수를 모두 먹어봤는데, 콩국수만의 고소함과 담백함이 좋을 때 콩국수를 좋아한다고 말할 수 있습니다. 수많은 콩국수 가게 중에서도 특정 가게의 콩국수를 선호한다는 것은 이미 여러 번 먹었고, 다른 곳과는 다른 특별함을 느낀다는 말입니다. 동시도 마찬가지입니다. 동시를 충분히 읽어야 아이들은 좋아하는 동시를 말할 수 있습니다. '이 동시는 이래서 별로야', '저 동시는 이래서 좋아' 하고 말이죠. 좋아하는 동시가 늘어날수록 그 기준은 명확해집니다. 아이들은 위의 활동에서 "솔직해서 좋아요", "공감이 돼서 좋아요", "재미있어서 좋아요", "참신해서 좋아요"라고 자신만의 기준을 말합니다. 그건 아이들만의 동시를 보는 눈이 생겼다는 것을 의미합니다.

제3장

동시 쓰기

탄탄하게 다져진 비옥한 땅에 아이들이라는 씨앗을 심었습니다. 재미있고
다채로운 동시 읽기는 씨앗을 틔우는 물과 양분이 됩니다. 그리고 아이들은
저마다의 색과 향을 뿜내며 피어납니다. 동시를 쓰면서 말이죠. 동시 쓰기는
동시 수업의 꽃이라고 할 수 있습니다.

동시 쓰기에 앞서서

동시 쓰기의 순서

동시를 충분히 읽었다면, 이제는 아이들이 직접 동시를 쓰는 순서
입니다. 동시를 잘 쓰기 위한 삼다(三多)에서 다상량과 다작이 동시
쓰기에 해당합니다. 동시는 어떤 순서로 쓸까요. 동시 쓰기의 순서는
세 단계로 나눌 수 있습니다.

하나, 글감 찾기. 둘, 표현하기. 셋, 다듬기.

먼저 '글감 찾기'는 일상 속 경험 중에서 동시가 될 만한 소재를 찾
는 단계입니다. 동시 쓰기 세 단계는 모두 중요하지만, 저는 단연 글
감 찾기 단계가 중요하다고 생각합니다. 일상 속에서 글감을 찾는 건
동시 수업에서 가르쳐야 할 본질이며, 글감은 동시의 알맹이이기 때문
입니다. 포장을 아무리 잘한다고 하더라도 알맹이가 좋지 않다면 포장
이 무슨 소용이 있겠습니까. 반면 포장이 어울리지 않더라도 알맹이가
괜찮다면 다듬기를 통해 동시를 빛나게 할 수 있습니다. 표현이 서툴
러 투박하거나 뻔하다면 표현을 다듬고, 과한 표현으로 알맹이가 드러
나지 않는다면 표현을 빼면 됩니다. 따라서 표현하는 방법을 가르치기
전에 좋은 글감인 알맹이를 찾는 연습을 먼저 해야 합니다.

다음 '표현하기'는 찾은 글감이 잘 드러나도록 동시를 쓰는 단계입

니다. 표현하기 단계는 글감을 효과적으로 드러내는 과정입니다. 아무리 알맹이가 빛나도 서툴게 표현하거나 뻔한 표현을 한다면 알맹이의 가치는 드러나지 않습니다. 따라서 글감이 잘 드러날 수 있도록 동시를 써야 합니다.

기존 초등학교 국어 수업에 동시 수업은 표현 방법에만 치중하는 경향이 있습니다. 흉내 내는 말을 찾거나 빗대어 표현하기, 운율을 배웁니다. 하지만 이런 것들에 너무 집중하다 보니 동시 자체를 즐기고 느끼는 것과 너무 멀어진 느낌이 듭니다. 수사법을 활용한 동시를 쓰는 것보다 형식과 표현 방법에 대한 굴레를 없애 자유롭게 동시를 표현해야 합니다.

동시를 다 썼지만, 아직 끝이 아닙니다. 마지막 '다듬기'는 동시를 더욱 빛나게 연마하는 단계입니다. 아이들이 동시를 쓴 것만으로 대단한 일이지만 여기서 그치는 게 아니라 다듬는 과정, 즉 정제가 필요합니다. 동시가 더욱 빛이 날 수 있도록 다듬어야 합니다. 저는 아이들과 동시 다듬기를 할 때면 이렇게 말합니다.

"원석은 아직 다듬어지진 않았지만, 아주 가치 있는 돌을 말해. 땅에서 원석을 힘들게 캔단다. 방금 너희들이 쓴 동시는 일상에서 원석을 캔 것과 같단다. 원석을 캤다고 끝난 게 아니라, 다듬는 과정이 필요해. 원석을 깨끗하게 씻고, 광을 내야 빛이 나는 보석이 된단다. 이제 우리가 쓴 동시를 그대로 놔두지 말고 다듬고 광을 낼수록 더 좋은 동시가 되겠지?"

동시를 쓸 때 이 세 단계를 꼭 거쳐야 합니다. 첫 번째 단계가 빠지

동시 쓰는 아이들

면 겉만 번지르르한 동시를 쓰게 됩니다. 예시 동시 작품을 보고 비슷하게 따라 쓰거나 머리로 동시를 쓰는 것입니다. 좋은 동시 소재가 있어도 두 번째 단계가 없으면 동시가 될 수 없습니다. 아이디어가 많아도 실행하지 않으면 아무 소용이 없습니다. 마찬가지로 쓰지 않으면, 동시가 될 수 없습니다. 마지막 세 번째는 아이들이 쓴 동시를 다듬는 단계로, 이 단계를 거치지 않으면 다듬어지지 않은 투박한 동시가 돼 버립니다. 이 세 단계에 유의해서 동시 쓰기를 해야 합니다. 따라서 동시 쓰기 수업은 이 세 단계의 순서와 방법을 알아가고 익히는 과정입니다.

동시 쓰기에 앞서서

동시 쓰기가 어려운 이유

이제까지 해왔던 동시 쓰기 수업을 살펴봅시다.

도입 활동으로 이번 차시에 배울 동시와 관련된 영상이나 사진을 보고 아이들과 의견을 나눕니다. 흥미를 유발하고, 관심을 갖게 하는 것입니다. 사실 이미 아이들의 삶을 담은 동시라면 따로 흥미를 유발하지 않더라도 관심 있게 봅니다. 배우는 동시가 아이들의 삶과 괴리가 있을수록, 아이들의 관심과 흥미를 유발하기 위한 시간이 더 많이 소요됩니다.

첫 번째 활동은 교과서에 실린 동시를 읽고, 교과서에 제시된 순서에 따라 내용을 확인 혹은 이해하는 활동입니다. 이 단계에서는 주로 내용을 확인하거나 질문하고, 의견을 나누는 방식으로 동시를 깊게 이해하는 과정입니다.

두 번째 활동은 차시 목표에 따라 배워야 할 부분을 중점으로 동시의 일부를 바꿔 쓰는 활동을 합니다.

세 번째 활동은 직접 동시를 써보는 활동입니다. 자신의 경험을 떠올려 제시된 동시와 비슷하게 쓰도록 합니다.

동시의 일부를 바꿔 쓰거나 경험을 떠올린다고 동시 쓰기가 쉬워지진 않습니다. 이 방식대로 교사가 따라 해보면 어떨까요. 교사들도 동시 쓰기가 막막하게 느껴지지 않을까요. 막상 쓴다고 해도 일상에서 동시를 감상하고 즐기는 태도를 가질 순 없습니다.

아이들에게 동시 수업을 하고, 동시를 써보라고 하면 이런 대답이 자주 나옵니다.

"무엇을 동시로 써야 할지 잘 모르겠어요."

"어떻게 동시를 써야 할지 잘 모르겠어요."

선생님들은 이런 아이들의 질문에 어떻게 답변하고 계신가요. 혹시 "좀 더 생각해보렴" 하고, 포괄적이고 막연한 답변을 하시진 않으셨나요. 동시를 쓰기 어려워하는 아이들에게 추상적인 조언은 아무 도움이 되지 않습니다.

동시 쓰기가 어려운 이유 첫째는 무엇을 써야 할지 모르기 때문입니다. 어떤 내용을 글감으로 선정해야 할지 모르는 것인데, 동시 쓰기의 첫 번째 단계인 '글감 찾기' 단계를 어려워하기 때문입니다. 글감은 삶의 모든 것이 될 수 있습니다. 이제껏 아이들은 글감이 될 수 있는 일상의 가치를 알지 못하거나 지나쳤던 것이지요. 오감으로 느낀 모든 것이 소재가 됩니다. 손으로 만져보고, 눈으로 보고, 귀로 듣고, 입으로 맛보고, 코로 맡아 보는 경험 모두가 말이죠. 동시 읽기가 충분히 되었다면 사실 아이들이 겪은 경험 중에서 어떤 것이 동시가 되는지 알 수 있습니다. 만약 교실 속 아이들이 무엇을 써야 할지 모른다면 경험을 떠올릴 수 있는 시간을 갖거나 동시를 쓸 수 있는 경험을 하는 것이지요.

둘째는 어떻게 동시로 표현해야 할지 모르기 때문입니다. 쓸 내용은 있는데, 동시 쓰기의 두 번째 단계인 '표현하기'를 어려워하기 때문입니다. 여러 수사법을 활용해서 쓰기보다는 어떠한 틀도 없이 자유롭게 쓰도록 해야 합니다. 그저 자신의 마음이 가는 대로 말이죠. 동시 쓰기의 목적은 표현하는 방법을 아는 것이 아니라 표현의 굴레를 깨는 것임을 잊지 말아야 합니다.

셋째는 좋은 동시를 써야 한다는 부담감 때문입니다. 멋지거나 근사한 동시를 써야 한다고 생각하는 것이죠. 이런 욕심과 생각이 많아지면 거짓으로 동시를 쓰게 됩니다. 따라서 경쟁과 평가의 수단으로써 동시 쓰기가 아닌 삶을 즐기는 방법으로써 동시 쓰기 수업을 해야 합니다. 동시 쓰기의 목표는 아이들이 동시 작가가 되도록 하는 게 아니라 동시를 읽고 쓰는 것의 재미를 아는 것이니까요.

그런 점에서 동시 수업에서 교사의 역할은 크게 두 가지라고 할 수 있습니다. 우선 아이들이 동시 쓰기에서 어느 부분을 어려워하는지 파악하고 지도하는 역할입니다. 아이들이 어려워하는 지점을 잘 찾고, 적절한 지도를 통해 도움을 줘야 합니다. 두 번째 역할은 동시 쓰기의 지지자 역할입니다. 동시를 싫어하고 어려워하는 아이들에게 지속해서 용기를 북돋고, 칭찬해야 합니다. 어쩌면 이 두 역할은 동시 수업에만 적용되는 게 아닌 것 같기도 합니다.

글감 찾기
글감은 어디에 있을까?

    그렇다면 동시의 글감은 어디에 있을까요. 아이들이 읽었던 수많은 동시처럼 동시의 글감은 아이들의 삶 속에 있습니다. 살아있다면 누구나 동시의 글감을 찾을 수 있고, 동시를 쓸 수 있습니다. 글감으로 어떤 경험을 선택해야 할지 어려운 첫 번째 이유는 경험을 자세히 들여다보지 않았기 때문입니다. 제2장에서 읽었던 좋은 동시들은 모두가 일상을 글감으로 한 동시였습니다. 평생 한 번 할까 말까 한 세계일주나, 아주 비싼 음식을 먹은 것처럼 누구나 쉽게 할 수 없는 특별한 경험을 동시로 쓴 것이 아닙니다. 우리가 매일 함께 살아가는 가족을 소재로, 매일 오는 학교에서 일어났던 일을 소재로 동시를 쓰는 것이지요. 수학 학원 시험에서 모르는 문제를 찍었는데 운 좋게 맞은 일이나, 집에 와서 친구들과 함께 핸드폰 게임을 한 경험도 동시의 글감이 될 수 있습니다. 이제까지 그냥 무심코 지나쳤던 일상을 자세히 들여다보아야 동시를 쓸 수 있습니다.

    두 번째 이유는 경험을 바로 기록하지 않았기 때문입니다. 우리가 겪은 경험은 시간이 지나면서 자연스럽게 잊히며 심지어 왜곡되기도 합니다. 예전에 있었던 일로 동시를 쓸 순 있지만, 경험이 오래되면 떠올리기도 어려울뿐더러 그 당시의 느낌이나 생각도 옅어집니다. 동시의 소재들은 금방 달아나버립니다. 따라서 경험하고 즉시 그 감상이나 느낌, 관찰한 것을 써두는 것이 좋습니다. 경험이 생생할 때를 기록해 그 순간을 잘 잡아 놓는 것이죠. 작가들이 영감이 떠오를 때면 그 생각을 어딘가에 기록하는 것과 같은 이치입니다. 동시가 될 만한 경험과 사건, 대화를 바로 기록해야 합니다. 학원을 마치고 집에 오는 길에 길고양이를 보고 놀랐다면, 집에 들어오자마자 그 순간의 놀란 심정이나 고양이 울음소리를 자세하게 기록하는 것이죠.

글감 찾기
생생한 경험하기

아이들이 스스로 일상 속 소재를 찾는 것을 어려워하기에, 저는 이 방법도 연습할 수 있는 수업이 필요하다고 봅니다. 그래서 저는 학교에서 동시 쓰기의 소재가 되는 경험을 하는 것까지도 동시 수업에 포함되어야 한다고 생각합니다. 집에서도, 학원에서도 동시를 쓸 수 있지만, 학교에서'만' 할 수 있는 경험을 하는 것이지요. 예를 들어 교과서에 나온 동시 〈봄〉을 교실 책상에 앉아 읽은 뒤 봄에 대한 동시를 쓰는 대신에, 반 아이들과 함께 직접 교실 밖으로 나가 봄을 느껴보는 겁니다. 봄바람이 불어오는 날, 반 친구들과 함께 경찰과 도둑이나 수건 돌리기를 해보세요. '무궁화 꽃이 피었습니다'를 비롯해서 할 수 있는 놀이는 무궁무진합니다. 더운 여름날은 아이들과 함께 물총 놀이를 하고, 머리카락이 젖은 채로 교실에 들어와 동시를 써보세요. 추운 겨울 아침, 운동장에 눈이 쌓여있다면 밖으로 나가 아이들과 신나게 눈싸움을 하고, 교실에 와서 손을 녹이면서 동시를 써보세요. 신나게 놀고 온 뒤에 바로 동시를 쓰면 얼마나 즐겁고 생생한 동시가 탄생할까요?

오감을 깨우는 경험도 좋습니다. 아이들의 오감을 깨울 만한 경험을 함께하고, 생생한 순간에 바로 동시를 쓰는 겁니다. 예를 들어 날씨 좋은 봄이나 가을날 학교를 한 바퀴 돌아볼 수 있습니다. 학교 울타리에 열린 모과도 보고, 나무에 붙어있는 매미 껍데기도 볼 수 있습니다.

비가 오는 날이면 멍하니 비가 떨어지는 모습을 볼 수도 있습니다. 비는 어떤 냄새가 나는지 맡아보고, 비가 바닥에서 튀기는 소리를 들어보기도 하고, 먹구름의 색을 볼 수도 있습니다. 첫눈이 오는 날, 아이들과 밖으로 나가 눈을 먹어보기도 하고, 손으로 눈을 받아보기도 하고, 떨어지는 눈을 '후' 하고 불어보는 경험을 할 수도 있습니다. 자연은 오감을 깨우는 데 가장 좋은 경험을 제공합니다.

체험학습도 학교에서만 할 수 있는 좋은 글감입니다. 친구들과 함께 어딘가로 가는 건 상상만으로 설레게 하는 경험이기 때문입니다. 체험학습을 전날 느낀 설렘이나 체험학습 장소로 가는 버스의 시끌벅적한 모습도 글감이 됩니다. 체험학습 장소에서 본 것들, 친구들과 했던 대화들, 점심시간에 먹었던 김밥도 모두 글감이 됩니다. 동물원에 갔다면 보고 싶었던 호랑이가 글감이 될 수도 있고, 처음 본 기린을 글감으로 쓸 수도 있겠지요.

A. "봄과 관련된 인상 깊은 경험을 떠올려서 동시를 써보세요."
B. "방금 학교 산책하면서 보고, 맡고, 만져보고, 느껴본 것으로 동시를 써보세요."

기억을 더듬어 동시를 쓰는 방법과 반 친구들과 학교 산책을 하자마자 동시를 쓰는 방법 중에서 아이들은 어떤 방법이 더 쓰기 쉬울까요. 학교에서 친구들과 놀았던 일, 오감을 깨우는 활동, 자연 체험하기, 체험학습을 다녀온 경험 모두가 학교에서 얻을 수 있는 좋은 글감입니다. 학교에서만 할 수 있는 다양한 경험을 하고, 그 감흥이 달아나지 않게 즉시 동시를 써야 합니다. 경험이 생생할 때 글감을 잡아 동시 쓰는 방법을 배우는 것입니다.

자세히 보기

동시를 쓰기 위해서는 글감이 되는 대상이나 상황을 자세히 들여다봐야 합니다. 현미경으로 해캄을 관찰하기 전에 현미경 사용법을 설명하는 것처럼, 일상을 자세히 보는 방법을 가르쳐야 합니다. 자신의 일상을 자세히 보기 위해서 시간과 심리적 여유가 필요합니다. 늦잠으로 헐레벌떡 교실까지 뛰어오면서 본 풍경과 학교 화단 앞에 가만히 앉아 관찰한 화단의 모습 중 어떤 상황에서 더 자세히 동시를 쓸 수 있을까요.

물론 스치는 짧은 인상을 포착해 동시를 쓸 수도 있습니다. 그러나 짧은 인상만 보고 표현할 수 있는 내용과 모습은 제한적입니다. 간단하게 쓸 수 있지만, 꼼꼼하게 보지 않았으니 자세히 쓰지 못하는 것이지요. 반면 자세히 바라보고 동시를 쓰면 자세하게 쓸 수도 있고, 본 것 중 일부만 골라 짧은 인상을 표현할 수도 있습니다.

자세히 보기 수업은 미술 시간 정물화 수업과 비슷합니다. 정물화 수업에서는 조형 요소를 중심으로 사물을 살피고 표현하는 과정이라면, 동시 수업은 물건과 연결된 일상을 살피는 과정입니다. 사물 관찰 활동은 개인별로 해도 되고, 짝이나 모둠 활동도 할 수 있습니다. 짝이나 모둠 활동을 하면 같은 물건이지만 내가 관찰한 것과 친구가 관찰한 것이 다르다는 것을 알게 됩니다.

교실 속 물건 중에 하나를 고르도록 합니다. 교실은 아이들의 생활 공간이기 때문에 교실 속 물건과 아이들은 연결되어 있습니다.

"자. 자신이 가진 물건 중의 하나를 골라 책상 위에 올려놓으세요."

"어떤 물건요?"

"아무 물건요. 교실에 있는 물건을 골라도 됩니다."

책상 위에 여러 물건들이 올라옵니다.

"자. 그러면 책상 위에 있는 물건을 자세히 관찰하고 적어봅시다."

"선생님, 저는 그냥 연필인데요?"

"그냥 연필은 없어요. 연필이 어떤 색인지, 어떤 모양인지, 지우개가 달렸는지, 이빨 자국이 있는지 연필마다 달라요. 여러분은 모두 같은 학년이지만, 생김새와 성격이 모두 다른 것처럼 물건을 살펴봅시다."

사물을 오감을 이용해서 관찰하게 합니다. 촉감을 느껴보고, 냄새도 맡아봅니다.

"이번에는 그 물건과 관련된 자신의 경험이 있으면 적어봅시다."

자신이 고른 물건과 관련된 경험을 떠올리는 겁니다. 만약 책상 위에 있는 연필을 자신이 샀다면 어디서 샀는지, 얼마였는지, 어떻게 사용하고 있는지처럼 말입니다. 이 과정은 주변 물건에 서사를 부여하는 활동입니다. 김춘수의 시인의 꽃처럼, 자세히 보는 시간을 통해 우리에게 의미있는 대상으로 다가오는 것이지요.

물건을 자세히 보는 활동은 교실뿐만 아니라 자신의 방에서도 활용할 수 있습니다. 원격 수업 시기에 자신의 방 안에 있는 물건 하나를 골라 자세히 써보는 활동을 했습니다. 윤성이가 쓴 동시 〈넓고도 좁은 종이 한 장〉을 읽어봅시다.

넓고도 좁은 종이 한 장

김윤성(선행초등학교)

압정 여섯 개로 내 방에
단단히 고정해놨다
방에 들어올 때마다
가장 눈에 띈다

우리나라가
내 엄지손톱만 하고
미국은
내 손바닥만 하다

카라해에 그려져 있는
비행기를 보니
어디로든 떠나고 싶다

 윤성이는 자기 방 벽에 붙어있는 세계 지도를 관찰했습니다. 처음 세계 지도를 샀을 때는 신기해서 들여다봤지만, 시간이 갈수록 벽에 붙어있는 세계 지도를 꼼꼼하게 보지 않았습니다. 윤성이는 이 활동에서 세

게 지도를 자세히 보며 나라의 크기를 관찰하기도 하고, 어떤 그림이 있는지를 관찰했습니다.

동시를 살펴보면 압정 여섯 개라고 구체적으로 관찰한 흔적이 보입니다. 우리나라와 미국을 볼 때는 자신의 손을 대 보기도 했습니다. 또한 3연에 '카라해에 그려져 있는 비행기'라고 표현했습니다. 카라해는 러시아 북쪽 북극해에 있는 바다인데, 우리에겐 낯선 이름입니다. 세계 지도에는 비행기가 그려져 있기도 한데, 윤성이 방에 있는 세계 지도는 카라해 위에 그려져 있던 것입니다.

나태주 시인의 〈풀꽃〉이라는 시가 있습니다. 지천에 핀 풀꽃도 자세히 보면 예쁩니다. 동시도 비슷합니다. 주변을 자세히 들여다봐야 눈에 들어오는 법입니다. 자세히 살펴보는 활동은 교실 속 물건, 방에 있는 물건 이외에도 화단에 핀 꽃, 친구들 등 다양하게 적용할 수 있습니다.

글감 찾기

낯설게 보기

20년 전만 해도 초등학교에서 일기는 당연히 해야 하는 숙제였습니다. 2005년 국가인권위원회가 일기장 검사가 사생활과 양심의 자유를 침해할 수 있다는 판결을 내리면서 지금은 일기 쓰기 활동이 많이 축소되었습니다. 그렇다고 해서 일기 쓰기가 중요하지 않거나 가치 없는 건 아닙니다. 꾸준히 일기를 쓰면, 글쓰기 근육이 생기고 우리가 살아가는 하루하루가 소중하다는 것도 알 수 있습니다. 저는 일기의 진정한 가치는 매일 똑같이 반복하는 하루를 낯설게 보는 눈을 갖게 하는 것이라고 생각합니다. 일기를 쓰기 위해서는 오늘 있었던 일을 돌아봐야 하는데, 이 과정에서 자기 성찰을 하게 됩니다. 아이들에게 동시 쓰기는 일기가 주는 의미와 비슷합니다. 동시를 쓰기 위해서는 일상을 낯설게 봐야 하기 때문입니다.

하나, 상대방과 처지를 바꿔보기

상대방과 처지를 바꿔보는 것은 자기만의 세계에서 벗어나서 다른 시각으로 세상을 보게 합니다. 내가 아닌 다른 인물의 관점을 통해 상대방을 이해하기도 합니다. 상대방은 사물, 동물이 될 수도 있습니다. '매일 나를 깨우고 아침밥을 챙겨주시는 엄마의 존재를 당연하게 생각했는데, 엄마는 안 힘들까?', '내가 게임을 할 때마다 누르는 마우스는 어떤 기분일까?', '동물원에 있는 동물들은 나를 보며 어떤 생각을 할까?'처럼 말이지요.

둘, 뻔한 일을 뒤집어보기

뻔한 일을 뒤집어보기는 일상에서 벗어나 새롭게 상상하는 것입니다. 하늘은 파란색인데, 하늘이 검은색, 노란색, 초록색이면 어떨까 하고 생각해보는 것이지요. '물구나무서기를 한 것처럼 세상이 반대로 보이면 어떨까?', '하루가 24시간이 아니고 20시간이면 어떨까?' 하고 말입니다.

셋, 질문하기

같은 것이 반복되면 우리는 그것을 당연하게 생각합니다. 사과나무에서 사과가 떨어지는 건 당연하고 자연스러운 일이었지만, 뉴턴은 이 상황에 의문을 가졌습니다. 질문하기는 우리가 당연하게 여기는 일을 잠깐 멈추고 '왜?' 하고 낯설게 보게 만듭니다. '왜 새싹은 자랄까?', '새들은 왜 지저귀는 걸까?' 하고 말이지요.

아래의 〈분필 가루〉는 주혁이가 쓴 동시입니다.

분필 가루

박주혁(선행초등학교)

칠판에 그림을 그리면

분필 가루는

아래로 떨어진다.

명예의 전당에 오르지 못한
낙오자들

쉬는 시간이면 반 아이들은 칠판 앞을 가득 메워 그림을 그리며 수다를 떱니다. 지웠다가 다시 그리기도 하고, 여럿이서 하나의 그림을 그리기도 합니다. 몇 명은 뒤에서 아이들의 그림을 감상하기도 합니다. 낙서를 많이 할수록, 분필은 짧아지고, 칠판지우개는 분필 가루로 점점 짙어집니다. 분필 가루는 아래로 떨어집니다. 당연한 모습이지요. 주혁이는 쉬는 시간마다 아이들이 칠판에 그림을 그리며 노는 모습을 관찰했습니다. 그리고 떨어지는 분필 가루를 낯설게 봤습니다. '내가 떨어지는 가루라면 어떤 기분일까?', '왜 분필 가루는 떨어질까?' 하고 말입니다. 낯설게 바라보니 주혁이 눈에는 분필 가루가 칠판이라는 명예의 전당에 오르지 못한 낙오자로 보인 것이죠.

글감 찾기
글감 잡아두기

　동시 쓰기가 어려운 이유로 경험을 자세히 들여다보지 않고, 기록하지 않기 때문이라고 했습니다. 앞에서 했던 자세히 보기와 낯설게 보기는 경험을 자세히 들여다보기 위한 방법입니다. 이번에는 기록하는 방법입니다.

　경험을 들여다볼 수 있으면 언제든지 동시를 쓸 수 있습니다. 기록은 동시로 쓸 만한 소재가 떠오른 그 순간이 날아가지 않도록 도와줍니다. 낯설고 번거로운 일이기도 하지만, 저는 이 과정이 아이들에게 꼭 필요하다고 생각합니다. 수많은 것들이 쏟아지는 지금 사회에서 말이죠.

　저는 아이들이 일상에서도 익숙하게 글감을 잡도록 연습하기 위해 아이들 손바닥만 한 크기의 동시 수첩을 활용합니다. 동시 수업을 학급 특색 프로그램으로 운영하고, 학급운영비로 학생 인원보다 넉넉하게 수첩을 구매합니다. 학생들이 수첩을 다 쓰면 언제든지 추가로 줄 수 있도록 말이죠. 아이들은 동시 수첩에 글감이 될 만한 것들을 기록합니다.

　첫 동시 수업이면 동시 수첩을 배부하고 각자 동시 수첩을 꾸밉니다. 그리고 동시 수첩에 매일 좋은 동시를 필사하거나 자신이 쓰고 싶은 순간을 기록합니다. 동시 수첩에 자신이 쓴 동시를 담아도 됩니다. 메모부터 그림, 낙서까지 동시에 관련된 것이라면 무엇이든 가능합니다.

동시 수첩의 목적은 우선 좋은 동시를 쓰는 기록장입니다. 수업 시간 혹은 틈틈이 동시를 읽고, 그 동시를 적어둡니다. 저는 아침 활동으로 일주일에 2일 정도 동시 한 편을 칠판에 적어 놓습니다. 아이들이 등교하고 친구들과 인사를 하고, 동시 수첩을 꺼내 오늘의 동시를 적습니다. 이 과정은 동시 필사라고 할 수 있는데, 나태주 시인이 말한 것처럼 그 시를 더 잘 알기 위한 하나의 노력입니다.

필사한 동시를 함께 소리 내어 읽습니다. 동시의 분위기나 내용에 따라서 제가 혼자 읽기도 하고 자원한 아이가 읽기도 합니다. 다 함께 읽는 것보다 혼자 조용히 감상하는 게 더 적절한 동시는 차분한 마음으로 천천히 음미할 수 있도록 마음속으로 읽기도 합니다. 다 읽고 난 뒤 동시의 감상을 나누기도 합니다.

학기 초에는 제가 동시를 선정하지만, 학생들이 동시집을 읽기 시작하고 동시를 즐기기 시작하면 학생들이 동시를 선정합니다. 학생들은 돌아가면서 칠판에 '○○의 추천 시'라고 쓰고 동시를 직접 고르기도 합니다. 동시의 감상은 '왜 이 시가 마음에 드는지', '좋은 동시의 조건'과 연결해서 설명하거나 아이들의 의견을 나누기도 합니다. 동시 수첩이 동시를 쓰는 기록장이긴 하지만 매번 동시를 따라 쓰는 것이 번거롭게 느껴지거나 아이들이 힘들어한다면 옮겨 쓰지 않고 읽기만 해도 됩니다. 동시를 동시 수첩에 옮겨 쓰는 것이 목적이 아니라 아이들이 동시를 옮겨 쓰면서 동시를 음미하는 게 목적이기 때문입니다.

동시 쓰는 아이들

좋은 소재가 있을 때면 동시 수첩에 기록하게 합니다. 일상 속에서 재미있었던 순간, 인상 깊은 순간, 낯설게 바라본 순간에 떠오르는 감정과 생각을 적습니다. 글쓰기 수업으로 저명한 하이타니 겐지로 선생님은 《선생님, 내 부하 해》(양철북, 2009)에서 일상 속에서 아이들이 시를 쓰는 것을 '시 줍기'라고 말합니다. 시는 우리의 삶 어디에나 있기에 새롭게 만들거나 지어내는 것이 아니라 줍는 것이라 표현한 것이죠. 그런 점에서 동시 수첩은 아이들의 삶 속에서 차곡차곡 주운 글감을 모아둔 주머니입니다. 이 주머니에 생생한 글감들은 동시를 쓸 때 아주 소중한 보물이 됩니다. 동시 수첩은 교실에 놓고 학교 밖에서는 핸드폰 메모 앱을 이용할 수도 있습니다. 동시 수첩을 들고 다니지 않더라도 핸드폰은 항상 들고 다니니까요. 수첩은 동시를 기록하는 매개이지 꼭 수첩을 사용해야 할 필요는 없다고 봅니다. 하지만 저는 아이들이 쓱싹쓱싹 소리를 내며 연필로 수첩에 적어두는 걸 더 좋아합니다.

동시 수첩의 가치와 일상화

　　동시 수첩은 동시 쓰기에도 도움이 되지만, 아이들의 삶을 이해하는 데도 좋습니다. 동시 수첩에 쓴 솔직한 기록은 아이들의 일상과 생각을 담고 있습니다. 아이들이 동시 수첩을 잘 쓰고 있는지 중간마다 확인하는 게 좋습니다. 다만 확인의 목적은 꾸준히 동시를 쓰고 있는지 점검하고 다그치거나 아이들의 삶을 감시하는 게 아니라 아이들의 삶을 이해하기 위한 것입니다. 우리 반 아이들의 삶을 더 자세히 들여다보면 아이들의 삶과 더 밀접한 동시 수업을 할 수 있습니다. 동시 수업뿐만 아니라 수업이나 생활지도에도 도움이 될 수 있습니다.

　　아이들이 쓴 글감은 좋은 대화거리가 되기도 합니다.
　　"여기에 쓴 건 어떤 상황이야?"
　　동시 수첩에 꾸준히 기록하는 아이들에게 칭찬하고, 기록하는 습관을 지속할 수 있도록 북돋아야 합니다. "와. 벌써 이렇게 많이 모았어?" "꾸준히 글감을 모으고 있구나. 어떤 동시가 나올지 기대된다!" 하고 말이죠.
　　종종 수업 시간에 동시 수첩을 꺼내 쓰는 아이를 보게 됩니다. 그럴 때면 저는 못 본 척하고 넘어갑니다. 글감은 책상에 앉아 '자 이제 글감을 생각해보자' 할 때 떠오르는 것이 아니라 번뜩하며 떠오를 때가 더 많기 때문입니다. 사회수업 시간, 영어수업 시간 중에도 글감이 떠오를 수 있습니다. 사회 시간인데 동시 수첩을 쓴다고 혼내면 좋은 글감들을 놓치게 됩니다. 또한 동시는 우리의 삶 속에서 언제나 줍는 다고 했는데, 국어 시간에만 주울 수 있다면 거짓말이 되어버립니다. 오히려 이렇게 동시 수첩을 꺼낸다는 건 칭찬해야 할 일입니다. 집에 가는 길에 맛있는 떡볶이 냄새에 이끌려 떡볶이를 먹을까, 집으로 갈까 고민하는 순간, 동시 수첩을 꺼내 쓴다고 생각해보세요. 길을 가다가 까치가 똥을 쌌는데, '대박!' 하고 끝나는 게 아니라 동시 수첩에 그 순간을 기록한다고 생각해보세요. 이렇게 시도 때도 없이 동시 수첩을 꺼내 글감을 기록할 정도면 시인이 아닐까요.

학급에서 있었던 일입니다. 쉬는 시간에 반 남자아이 두 명이 키득거리며 동시 수첩을 보더군요. 동시 수첩을 가지고 실랑이하길래 무슨 일인가 해서 다가갔습니다.

"애들아. 왜 그래?"

"아니에요."

"왜 선생님한테는 비밀로 해~? 같이 웃자."

한 친구가 이리저리 눈치를 살피더니 말합니다.

"선생님 비밀로 할 수 있어요?"

"그래. 비밀로 할게."

"선생님만 아셔야 해요. 애가 ○○이 좋아하는데, 시로 고백한대요."

"시로?"

"와 너무 멋지다! 쓴 동시도 볼 수 있어?"

차분한 성격의 아이였는데 수줍게 동시 수첩을 보여줬습니다. 두 편 정도 썼더군요. 솔직하게 설레는 마음을 담은 좋은 동시들이었습니다. 제가 다 설레더군요. 그 아이가 설레는 마음을 담아 쓴 동시를 읽어봅시다.

눈빛

정주석*

잠깐 스친다
또 스친다
계속 스친다

얼굴이 빨개진다

이 아이는 수업 시간에 좋아하는 아이와 우연히 눈이 마주쳤습니다. 그리고 또 눈이 마주쳤습니다. 한 번은 우연이지만 두 번이나 눈이 마주쳤으니 이 아이는 운명처럼 느꼈을 겁니다. 여러분들도 누군가를 짝사랑했을 때 비슷한 경험을 하지 않으셨나요?

"동시 10편 쓰면 고백하려고요."

이 아이의 고백이 성공하기를 마음속으로 얼마나 응원했는지 모릅니다. 이 아이의 고백은 성공했을까요.

---

* 아이의 요청으로 가명을 사용했습니다.

표현하기
행과 연

  문장을 끝맺을 때 마침표를 사용합니다. 문단을 시작할 때 들여쓰기를 합니다. 독자와 글쓴이가 함께 약속한 규칙이라고 할 수 있습니다. 동시에도 행과 연이라는 약속도 있습니다. 동시에서 행은 가로 한 줄을 의미하고, 비슷한 의미를 가진 여러 행을 묶은 것을 연이라고 합니다. 연을 구분할 때는 한 줄을 띄어 씁니다.

  행과 연은 동시를 구성하는 기본형식입니다. 행과 연을 글로 빗대어 본다면 행은 글의 가장 기본 단위인 문장이라고 볼 수 있고, 연은 문장이 모여 하나의 주제를 담은 문단입니다. 문장과 문단이 모여 글이 되듯 행과 연이 모여 동시가 됩니다. 글과 동시의 기본 구조는 비슷하지만, 동시는 문단처럼 주제를 명확하게 구분할 수 없다는 차이점이 있습니다. 동시는 글보다 함축적이고 말랑하기 때문입니다. 또한 작가의 의도에 따라 행과 연을 의도적으로 구분하지 않을 수도 있습니다. 행과 연 수업은 행과 연의 정의를 아는 것보다 행과 연으로 달라지는 미묘한 변화를 느끼고 아이의 마음 가는 대로 쓸 수 있도록 해야 합니다.

  행은 읽을 때 숨을 쉬는 순간으로 구분하도록 지도합니다. 한 행을 읽으면 숨을 한 번 내쉬는 것이지요. 연은 '휴' 하고 긴 숨을 쉬는 구간으로 볼 수 있습니다. 연은 의미의 차이도 있습니다. 행이 모여 연을 구성하기에 연은 덩어리입니다. 반복하고 싶다면 연을 구분해 리듬감이 느껴지도록 할 수 있습니다. 한 번씩 긴 숨을 쉬기 때문에 연과 연 사이에는 여유가 있습니다. 연을 구분하지 않으면 동시 전체가 하나의 흐름으로 매끄럽게 읽힙니다. 하지만 이런 구분은 단순히 소리 내어 읽으며 구분하는 것이지 절대적이진 않습니다.

저는 행과 연을 수업할 때 행과 연이 주는 차이를 알 수 있도록 원래 동시와 의도적으로 행과 연을 구분한 두 개의 동시를 보여줍니다. 비슷하지만 다른 두 동시를 보며 차이를 느끼도록 합니다.

"두 개의 동시는 같은 내용인데, 줄 바꿈만 다르게 했단다. 두 개 동시 중에서 어떤 동시가 진짜 시인이 쓴 동시일까요?"

아이들에게 질문해서 좀 더 고민하게 만듭니다.

어떤 동시가 소리 내어 읽었을 때 더 편한가요.
어떤 동시가 더 자연스럽게 느껴지나요.
어떤 동시가 주제를 더 잘 드러낸 것 같은가요.

아이들은 진짜 동시를 찾기 위해 불을 켜고 고민합니다. 답은 엇갈리고, 원작을 발표합니다. 원작을 맞춘 아이들은 기뻐하고 못 맞춘 아이들은 실망하지만, 사실 원작을 맞추는 것은 큰 의미가 없습니다. 어떤 아이들은 수정한 동시가 더 자연스럽게 느껴지기도 하고, 더 주제가 잘 드러나는 느낌이 들기도 합니다. 이 활동은 '행과 연을 구분했을 때 느낌의 차이를 알 수 있는가?'와 '내가 작가라면 어떻게 행과 연을 구분할 것인가?'를 생각해보기 위함입니다.

비유적 표현

비유적 표현은 표현하고자 하는 대상을 다른 어떤 대상에 빗대어 표현하는 수사법을 말합니다. 비유적 표현 방법을 가르치기 전에 교사는 왜 비유적 표현을 아이들에게 가르쳐야 하는지 생각해봐야 한다고 봅니다. 비유적 표현의 가치와 필요성을 살펴보고, 아이들의 삶에서 어떤 의미가 있는지 말이죠. 저는 비유적 표현이 아이들이 인식하는 세상을 확장한다고 봅니다. 단순히 어떤 상황에 "답답해"라고 표현하는 것보다 "고구마 먹은 것 같다"라고 표현하는 게 더 마음에 와닿습니다. 우유 없이 고구마를 먹어 목구멍이 막히는 듯한 답답함이 생생하기 때문입니다. 원관념과 보조관념의 공통점을 찾고 표현하는 방법을 사용할 수 있는 것보다 자신의 경험과 삶을 다른 것들과 연결하는 게 비유적 표현의 진정한 가치라고 봅니다.

초등학생의 발달 단계상 1~2학년은 자신의 삶을 인식하고, 학년이 높아지면서 자신의 삶에서 주변의 세계로 인식의 범위가 넓어집니다. 그런 점에서 비유적 표현을 국어 교과 5~6학년에서 배우는데, 비유적 표현을 배우는 단원의 성취 기준과 교과서 차시 순서는 다음과 같습니다.

[6국05-03] 비유적 표현의 특성과 효과를 살려 생각과 느낌을 다

양하게 표현한다.

1. 비유적 표현의 정의, 비유적 표현을 사용하면 좋은 점
2. 비유적 표현이 들어간 동시 읽기
3. 비유적 표현이 들어간 글 읽어보기
4. 비유적 표현을 사용한 동시나 글쓰기

교과서에서는 우선 비유적 표현의 특성과 효과를 알도록 합니다. 두 번째는 동시와 글에서 비유적 표현이 들어간 부분을 찾는 활동입니다. 첫 번째와 두 번째 활동을 통해 비유적 표현의 특성과 효과를 이해했다고 여겨, 비유적 표현을 사용한 동시 쓰기로 이어집니다. 학생들은 비유적 표현이 은유인지, 직유인지를 구별해야 하고, 동시에서 비유적 표현을 찾기 바쁩니다. 이런 접근은 비유적 표현을 표현의 기법으로만 바라보고, 분석적으로 접근하는 것이지요. 이 과정을 거치면 단계적으로 비유적 표현을 알고 활용할 수 있다고 본 것입니다.

동시 수업에서는 분석적 접근이 아니라 총체적 접근이 더 적절하다고 생각합니다. 동시 속 비유적 표현을 마음으로 느껴야 합니다. 사실 비유적 표현이라는 용어를 설명하진 않았지만 일상에서 아이들은 비유적 표현을 많이 사용합니다. 아이들이 쓴 동시 중에서 비유적 표현이 들어간 동시가 있다면 교과서 작품을 대신 활용하는 게 좋습니다. 더 친숙하게 느끼기 때문에 효과가 더 좋습니다

수학 시험

오민수(안양서초등학교)*

오늘은 시험이라는 전쟁이 있는 날이다.

이날만을 기다렸다.

한 손에는 연필이라는 칼

또 한 손에는 지우개라는 방패를 들고 시작했다.

객관식이라는 졸병들을 물리치고

서술형이라는 강적을 만났다.

다행히 아는 문제가 나왔다.

"휴~ 이번 전쟁은 이겼다."

근데 다음은 국어 전쟁이 남아있다.

이 동시는 수학 시험을 전쟁으로 비유했습니다. 수학 문제를 전쟁에서 싸워야 할 적으로 보았고, 연필과 지우개는 칼과 방패라고 본 것이지요. 아이들은 시험은 물리쳐야 할 적으로 표현한 이 동시를 읽고 많은 공감을 했습니다. 객관식을 졸병으로, 서술형을 강적으로 표현한 부분을 보면 교과서에 나오지 않은 의인법까지 사용했습니다. 이 동시를 쓴 아이는 의인법의 특징을 알고, 쓴 것이 아닙니다.

아이들에게 물어봅니다.

"'오늘 수학 시험을 봤다.'라고 쓰면 될 텐데 왜 시험을 전쟁이라고

---

* 아이의 요청으로 가명을 사용했습니다.

표현했을까?"

"전쟁이랑 비슷하니까요."

"좀 재밌게 동시를 쓰려고요."

"어떤 느낌이 드나요?"

"재미있어요."

"공감되어요."

"저는 너무 과장해서 표현한 것 같아요."

비유적 표현에 대한 반응도 이렇게 다양할 수 있습니다. 어떤 아이는 비유적 표현을 과장되게 느끼기도 하고, 어떤 아이는 재미있게 느끼기도 합니다. 저는 이 정도면 아이들이 총체적이고 직관적으로 비유적 표현의 특징과 효과를 알 수 있다고 봅니다. 원관념과 보조관념을 찾고 공통점을 찾는 것보다 더 자연스러운 접근입니다.

이제까지 동시 수업에서 무언가를 배우면, 아이들이 정말로 그걸 알고 있는지를 아이들이 쓴 동시를 통해 확인했습니다. 행과 연의 구분을 배웠다면 행과 연을 구분해서 동시를 써야 하고, 비유적 표현을 배웠다면 비유적 표현을 담은 동시를 써야 한다는 식으로 말이죠. 그러나 행과 연의 차이를 아는 것과 무관하게, 행과 연을 구분해서 동시를 쓰는 것은 아이들의 마음입니다. 비슷하게 비유적 표현을 세 번 이상 사용해서 동시를 써야 비유적 표현을 활용할 수 있는 게 아닙니다. 충분히 이해했지만, 자신이 쓰고 싶지 않아서 비유적 표현을 사용하지 않았을 수 있습니다. 꼭 드러나야만 있는 것은 아닙니다. 꼭 확인하지 않아도 알 수 있는 것이 있습니다.

표현하기

제목의 비법

동시의 제목을 정하는 순서는 따로 없습니다. 제목을 정하고 동시를 써도 되고, 동시를 쓰고 난 뒤 제목을 지을 수도 있습니다. 다만, 동시를 다 쓰고 난 뒤 자신이 정한 제목을 점검하는 시간을 가져야 합니다. 자신이 정한 제목이 조건에 잘 부합하는지 말입니다.

동시의 제목은 어떤 조건이어야 할까요. 우선, 제목이 동시에서 말하고 있는 내용을 잘 담고 있는지 확인해야 합니다. 내용 전체를 모두 아우르는 제목이어야 합니다.

동시의 제목을 배우는 수업은 하상욱 시인의 시를 활용합니다. 하상욱 시인이 쓴 시를 읽고, 어떤 제목이 적절한지 생각해봅시다. 시를 읽고 제목을 유추해보는 것이죠. 하상욱 시인의 시는 제목과 내용이 재치 있게 연결되며, 다양한 해석을 할 수 있어 시의 제목을 짓는 활동에 적합합니다. 하상욱 시인의 〈안경〉과 〈리모컨〉으로 제목을 수업합니다.

하상욱 시인의 〈안경〉의 제목을 가리고 아이들에게 보여줍니다.

"이 시의 제목은 뭘까요?"

"사랑하는 사람요!"

"남자친구요!"

"각자 제목을 모둠 친구들에게 이야기해봅시다. 그리고 가장 잘 어울리는 제목을 고르세요"

"우리 반의 많은 친구들이 이성 친구라고 제목을 정했네요. 실제 이 시의 제목은 안경입니다."

아이들의 탄식이 들려옵니다. 안경을 벗으면 잘 보이지 않아 안경을 찾을 수 없습니다. 안경이 있어야 안경을 찾을 수 있으니, 제목이 이해됩니다. 아이들은 안경 이외에 다양한 제목을 말합니다. 두 번째에도 제목을 가린 하상욱 시인의 시를 읽습니다.

"그럼 이 동시의 제목은 뭘까?"

"제 용돈요. 금방 사라져요."

"핸드폰 배터리요!"

"아빠 월급요. 엄마가 맨날 돈 없다고 해요"

"이번에도 우리 반이 뽑은 가장 어울리는 제목을 골라봅시다."

"우리 반은 핸드폰 배터리가 가장 적절한 제목이라고 생각했네요. 이 시의 제목은 리모컨입니다."

TV를 보려고 하는데 리모컨이 없어 리모컨을 찾은 경험이 있을 겁니다. 안경과 마찬가지로 제목을 보니 시의 내용이 이해됩니다. 이 수업은 하상욱 시인의 시를 활용해 동시 제목의 특징을 알도록 하기 위함입니다. 여러분은 아이들이 정한 '이성 친구'와 '핸드폰 배터리'가 하상욱 시인의 시와 어울린다고 생각하시나요. 동시의 제목은 동시의 내용을 아우를 수 있어야 한다는 점에서 저는 아이들이 정한 제목도 충분히 가능하다고 봅니다. 이게 동시 제목의 첫 번째 비법입니다.

두 번째 비법은 읽는 사람의 흥미나 관심을 끄는 제목입니다. 제목이 인상 깊으면 동시를 읽고 싶은 마음이 생기기 때문입니다.

"선생님이 동시를 썼는데 제목이 고민이야. 두 가지 중에서 골라줄래?"
"네!"
"일단 동시를 읽어줄게."

○○○○○

양효준

아빠의 토치가 불을 뿜는다.
마른 장작에 연기가 나고
곧 불이 붙었다.

신나게 부채질했더니
불이 커졌다.

왜 부채질하면 불이 커지는지 알아?
아빠가 물었다.
아버지
공부를 피해 캠핑을 왔는데
제가 어찌 알겠사옵니까

"1번은 '아빠의 질문', 2번은 '캠핑장에서' 중에 고민인데 어떤 게 좋아?"

"1번이 더 나은 것 같은데."

"전 2번요."

아이들의 의견이 나뉘기 시작합니다.

"좀 더 재미있는 제목이 없을까?"

아이들이 정해준 제목은 '어찌 알겠사옵니까'였습니다. '아빠의 질문'과 '캠핑장에서'보다 더 관심을 끌지요. 이미 아이들은 매력적인 제목의 중요성을 잘 알고 있습니다.

만약 자신이 쓴 동시가 '한 방이 있는 동시'의 형태라면 제목은 독자의 궁금증을 끌어야 하며, 제목에 마지막 반전이 드러나지 않도록 해야 합니다. 제목에서 미리 밝혀버리면, 반전이 주는 재미가 줄어드니까요. 그러나 관심만을 끌기 위한 제목은 삼가야 합니다. 제목은 참신한데, 내용이 별것 없다면 속 빈 강정 같은 동시일뿐더러 독자를 속이는 것입니다. 아이들은 이 부분을 잘 이해하고, 속이는 제목을 사용하지 않으려 합니다. 유튜브 제목만 보고 들어갔는데, 실제로는 그렇지 않은 경험을 했기 때문입니다.

따라서 동시의 제목은 첫 번째 비법에 충실하되, 두 번째 비법은 선택하도록 하는 것이 좋습니다. 첫 번째 비법에 두 번째 비법을 추가하는 것이지, 두 번째 비법만 충족해서는 좋은 동시 제목이 될 수 없습니다.

동시 표현하는 방법

하나, 경험한 대로 표현하기

로웬펠트는 오스트리아 출신의 미술교육 학자로 나이에 따라 아이들의 그림 형태가 변화하는 과정을 설명했습니다. 초등학생은 로웬펠트의 도식화 단계와 또래집단기에 속합니다. 도식화 단계는 자신과 대상의 관계를 도식적으로 표현하고, 주관적으로 표현하는 단계입니다. 실제 눈으로 보는 모습이 아니라 상상 속으로, 머릿속으로 그림을 그리는 겁니다. 예를 들어 아이들에게 나무를 그리라고 하면 뿌리가 드러나고, 길쭉한 몸통에 가지가 삐죽삐죽 나 있고 잎은 풍성한 그림을 그립니다. 실제로 이렇게 생긴 나무는 없지만, 나무를 도식화해서 표현하는 것입니다.

도식기를 지나 또래집단기에 접어들면, 도식적 표현이 점점 사라지면서 좀 더 사실적이고 세부적인 표현이 나타납니다. 어떻게 도식적 표현을 하던 아이들이 사실적 표현을 하게 되는 것일까요? 그 방법은 아이들이 그렸던 도식적 표현은 사실과 다르다는 것을 경험하게 하는 것입니다. 쭉 뻗은 나무 기둥을 그린 아이에게 운동장에 있는 나무의 기둥이 어떻게 생겼는지 보라고 하는 것이지요. 나무는 갈색, 나뭇잎은 초록색과 연두색으로만 칠하던 아이에게 실제 나무와 나뭇잎의 색을 관찰하게 합니다. 이 과정을 통해 아이들은 나무의 표면이 거칠고 굽어 있으며, 나무와 나뭇잎 여러 색이 있음을 알게 됩니다. 관찰과 경험을 통해 아이는 도식적 표현이라는 틀에서 깨어 실제를 바라보게 됩니다.

저는 언어도 비슷한 과정이 있다고 봅니다. 초등학교에서 배우는 언어에 도식적 표현을 사용하는 시기가 있습니다. 예를 들면 '참새는 짹짹', '오리는 꽥꽥', '기차는 칙칙폭폭'과 같은 의성어가 있습니다. 초등학교 1~2학년 시기에 다양한 의성어를 배우는데, 이 시기에는 이런 표현이 효과적입니다. 다만, 여기서 그쳐서는 안 됩니다.

언어도 도식적 표현에서 다음 단계로 넘어가야 합니다. 이제까지 배웠던 도식적 표현을 그대로 사용하는 것이 아니라 정말 이 표현이 맞는지 관찰하고 경험해보는 것이지요. 강아지는 왈왈하고 짖는다고 생각한다면, 강아지 소리를 직접 들어봐야 합니다. 사실 강아지는 '왈왈' 하고 짖지 않으며, '그르렁', '낑낑', '컹컹' 등 다양한 소리로 짖습니다. 따라서 동시 표현은 오감으로 경험한 대로, 자신의 마음에 느낀 대로 솔직하게 쓰도록 해야 합니다. 뻔한 표현이나 마땅히 해야 하는 당연한 말, 근사한 말의 틀에서 벗어나야 생생한 동시가 될 수 있습니다.

"애들아. 딱따구리 본 적 있어?"

"아니요."

"왜 이름이 딱따구리인지 알아?"

"딱딱해서요?"

"딱딱 소리를 내서?"

"부리를 나무에 딱딱하고 쳐서요."

"맞아. 선생님이 지난주에 딱따구리 소리를 듣고 쓴 동시가 있는데 한번 같이 읽어볼까?"

딱따구리

양효준

숲속 캠핑장에서
아침 일찍부터
들려오는 소리

누가 드릴을 쓰는지
탁딱따따따따
하는 소리가 들린다.

딱따구리가 아니라
뚜두두두뚜두두구리가 맞다.

이 동시를 다 읽은 뒤 아이들의 눈을 감게 합니다. 그리고 영상을 찾아 딱따구리 소리를 직접 들어봅니다.

"딱따구리 소리 들었어?"

"우와! 진짜 뚜두두두뚜구리가 맞는 것 같아요."

딱따구리는 나무를 쪼는 소리 때문에 이름이 붙여졌습니다. 강한 부리로 나무에 '딱딱' 소리를 내며 구멍을 내 벌레를 잡기 때문입니다.

작년 가을, 강원도 인제에 있는 잣나무 숲속 캠핑장에서 캠핑했습니다. 그날, 생애 처음으로 딱따구리 소리를 듣게 되었습니다. 딱따구리는 '딱딱' 하고 부리를 쪼는 줄 알았는데 실제로는 '딱다다다다다다닥'이나 '뚜두두두뚜'와 같이 드릴 같은 소리가 났습니다. 딱따구리가 내는 소리는 '딱딱'일 것이라는 도식적 표현에서 실제적인 표현을 하게 된 것입니다.

이어진 동시 쓰기 수업이었습니다. 규현이의 동시 수첩에 '엄마의 잔소리가 또 시작했다'라고 적혀져 있었습니다.

"규현아 잔소리 들었어?"

"네 어제 들었어요."

"뭐라고?"

"엄청 많아요."

"그렇구나. 엄마한테 들었던 잔소리를 그대로 적어보는 건 어떨까?"

"방 좀 치워라. 더러워 죽겠다. 공부 좀 해라. 내년이면 중학생이다. 책 좀 읽어라. 게임 좀 그만해라."

"생각보다 많구나. 어떻게 느껴지니?"

"맨날 들어서 그냥 그래요. 그냥 또 잔소리 시작하셨네 하고요."

"그래. 그럼 경험한 대로 느낀 대로 동시를 써보자"

제목부터가 심상치 않은 규현이의 동시 〈잔소리학 교수님〉을 읽어 봅시다.

잔소리학 교수님

조규현(선행초등학교)

부모님은 교수님이다.
잔소리학 교수님
부모님은 박사학위가 있으시다.
잔소리학 박사학위

부모님은 자격증을 가지고 계시다
잔소리학 자격증

강의가 시작했다.
"방 좀 치워."
"책 좀 읽어."
"공부 좀 해라. 어! 너 이제 중학생이야."
강의의 마지막 한마디
"이게 다 너 잘되라고 하는 말이야."

    규현이가 들었던 잔소리를 풀어서 썼더니, 규현이는 엄마의 잔소리가 강의처럼 느껴졌나 봅니다. 방을 치우라는 잔소리부터 잘되라고 하는 말이라는 말까지 경험한 대로 그대로 표현하니 생생한 동시가 되었습니다. 많은 아이가 공감한 동시였습니다.

둘, 표현은 구체적으로

요즘 아이들은 '헐', '쩔어' 등 어느 상황에서도 두루뭉술하게 쓸 수 있는 언어를 자주 사용하는 습관이 있습니다. 예상하지 못한 소식을 들어 기뻤을 때도 '헐', 친구가 자신을 배려하지 않아 기분 상했을 때도 '헐', 어떻게 해야 할지 몰라 막막할 때도 '헐'이라고 말합니다. '개-'라는 접두어를 붙인 표현도 있습니다. '개좋아', '개싫어', '개짜증' 등이 있겠지요. 비속어가 아니더라도 '그냥', '좋다', '나쁘다', '기쁘다'와 같은 말도 너무 흔하게 사용됩니다. '좋다', '나쁘다'라는 표현을 사용할 수 있지만, '좋다'와 '나쁘다'보다 더 적절한 표현이 있음에도 이런 표현만 사용하는 건 문제입니다. 시인 박일환은 언어의 한계는 세계의 한계라고 말했고, 유시민은 그의 책 《유시민의 공감 필법》(창비, 2016)에서 자신이 구사하는 어휘의 양이 생각의 폭과 감정의 깊이를 보여준다고 말합니다. 따라서 제한적 언어 습관은 아이들이 주변 세계 인식을 막고, 세계를 제한적으로 받아들이게 합니다.

자신이 겪은 상황을 구체적으로 쓰기 위해서는 어휘를 많이 알아야 합니다. 어휘력이 좋다는 건 어떤 상황이나 대상을 표현할 때 풍부하게, 다양하고 정확하게 말할 수 있음을 의미합니다. 책을 읽으며 새로운 어휘를 알 수도 있지만, 구체적으로 표현해보면서 새로운 어휘를 알 수도 있습니다. 구체적으로 표현하는 것은 세상에 대한 인식을 확장하면서 어휘력을 높이는 좋은 방법입니다.

"전 이 책 좋았어요."

동시 쓰는 아이들

"뭐가 좋았어?"

"그냥 좋았어요."

"좀 구체적으로 이야기해볼까? 인물이라든지 표지라든지 반전이라든지 말이야."

"전 주인공이 위기를 간신히 이기는 게 좋았어요. 너무 쉽게 이기는 뻔한 이야기보다 더 재밌잖아요."

좋다고 한마디 했던 아이는 '주인공, 위기, 뻔한'이라는 말을 사용하게 되었습니다. 구체적으로 쓴다는 것은 자세히 쓴다는 말이기도 합니다. 아이들이 두루뭉술한 대답을 했을 때 교사는 질문을 통해 아이들의 생각을 끌어내고, 구체화할 수 있어야 합니다. 아이가 이 동시가 좋다고 말한다면 이 동시의 어느 표현이 좋았는지, 왜 공감됐는지, 지난번에 좋다고 했던 동시와는 어떤 점이 다른지를 물어봐야 합니다. 아이는 이런 교사의 질문을 통해 "그냥 좋아요" 했던 대답을 돌아보게 됩니다. 이런 과정은 아이들의 어휘 보따리를 확장하는 역할도 합니다.

준혁이가 쓴 동시 '인형의 집'을 읽어봅시다. 준혁이는 동생의 방에 있는 인형의 집을 동시로 썼습니다. 동생 방에 있는 많은 인형을 구체적으로 표현했습니다. 너무 무섭다는 표현 대신 더 적절한 표현을 고민했고, 준혁이는 오금이 저린다는 표현을 사용했습니다.

인형의 집

최준혁(선행초등학교)

우리 집은 좋다
그런데 무서운 곳이 딱 한 군데 있다
바로 인형의 집이다
그곳은 인형들로 넘쳐나고
침대까지 인형들이
차지하고 있다

밤에 그곳에 들어가면
침입자 잡듯이
여러 눈으로 나를 쳐다본다

무서운 바비인형들이 노려보니
오금이 저린다

무서운 동생의 방

동시는 만들어가는 것

　동시 쓰기 수업이 시작되면 아이들은 동시 수첩을 펴고 자유롭게 동시를 쓰기 시작합니다. 저는 교실을 돌아다니며 아이들의 모습을 살핍니다. 작은 도움이라도 주기 위해서라도 말이죠. 교실 뒤쪽으로 갔는데, 한 아이가 동시를 가렸습니다. 손으로 가리면 더 보고 싶은 법입니다.

"왜 손으로 가려?"
"아~ 선생님. 보지 마세요. 부끄러워요."

　동시 쓰기를 부끄러워하는 아이들이 있습니다. 그 이유는 제 생각과 마음을 드러내기 부끄러워하기 때문이고 둘째는 자신이 쓴 동시가 부족하거나 초라해 보이기 때문입니다.

　부끄럼이 많은 아이는 자신을 드러내는 것을 두려워하고 싫어합니다. 이런 아이들을 강제로 밖으로 나오게 하면 아이는 더 움츠리게 됩니다. 용기 내 밖으로 나오더라도 불안한 마음이거나 진심이 아닐 가능성이 큽니다. 저는 이런 아이들이 느리더라도 천천히 자신의 껍질에서 나올 수 있게 해야 한다고 생각합니다. 동시를 부끄러워하는 아이에게 다른 친구들의 동시를 읽으며 내 동시가 친구들의 동시와 비슷하다는 것을 느끼게 합니다. 그리고 아이가 스스로 내 동시를 보여줘도 괜찮겠다 할 때까지 기다립니다.

　유독 자기검열을 심해서 자기가 쓴 동시를 부족하게 여기는 아이도 있습니다. 친구의 동시는 공감되고 재미있다며 후하게 평가하지만, 유독 자기가 쓴 동시에는 높고 까다로운 잣대로 평가합니다. 그러니 아무리 잘 쓴 동시도, 자기가 정성 들여 쓴 동시도 부족해 보이고 숨기고 싶어집니다. 문제는 자신이 쓴 동시를 부끄럽게 보기 시작하면 자신이 생각하는 모범적인 동시를 따라 하게 된다는 것입니다. 이제껏 모범적인 동시가 없다는 것을 배웠는데 말이죠. 아이는 주로 교과서나 좋은 동시라고 했던 동시를 예시 삼아 따라 동시를 쓰게 됩니다. 저는 작가(아이)의 이름을 가린 채 동시를 돌려 읽게 합니다. 자기가 쓴 동시를 부끄러워하던 아이도 친구들이 칭찬하고 재미있는 반응을 보면서 용기를 갖게 됩니다. 또한 저는 동시 쓰기 시작할 때 아이들에게 누구도 처음부터 좋은 동시를 쓸 수 없으니 부담을 갖지 말라고 합니다. 자신이 바라본 세계를 동시로 표현하는 것 자체로 대단한 일입니다. 아이들이 동시를 쓴 자체로 칭찬할 일입니다.

　세상에서 가장 귀한 다이아몬드도 다듬어지기 전엔 돌덩이일 뿐이고, 조앤 K. 롤링도 세계적인 베스트셀러 해리 포터를 출간하기 전에 12개 출판사에서 퇴짜를 받았습니다. 처음 쓴 동시가 마음에 들지 않아도 점점 다듬으면 좋은 동시가 됩니다. 누구나 좋은 동시를 쓸 수 있다는 응원과 격려가 필요합니다.

　벼룩은 자기 몸의 수백 배를 점프할 수 있는 생물입니다. 그런 벼

룩을 유리컵에 가두면 유리 천장만큼을 자기가 뛸 수 있는 정도로 보고, 그 정도를 자신의 한계로 규정하는 걸 벼룩 효과라고 합니다. 아이들 스스로 자기가 정한 한계에서 벗어날 수 있도록 해야 합니다.

동시 쓰기 수업을 하면 아이들이 쓴 동시를 보고 놀랄 때가 많습니다. 유명한 시인이 쓴 동시보다 더 재미있고, 와닿는 동시들도 많습니다. 어떻게 이런 생각을 했는지, 어떻게 이 순간을 잡았는지, 어떻게 이런 표현을 했는지 말이죠. 그럴 때면 저는 피카소가 말했던 "모든 아이들은 예술가다"라는 말에 다시 한번 공감합니다. 아이들 모두가 타고난 시인입니다.

자유로운 동시 쓰기

동시 수첩에 글감을 차곡차곡 모았다면 동시를 쓸 차례입니다. 동시 수첩을 꺼내, 글감 하나를 고릅니다. 글감 선택은 아이들에게 전적으로 맡겨야 합니다. 아이들은 인상 깊었거나 좋아하고 관심 있는 글감, 재미있었던 경험에서 자신이 쓰고 싶은 글감을 고릅니다. 글감을 골랐으니 동시를 쓸 재료 준비가 끝났습니다. 제목의 비법과 표현 방법도 배웠습니다. 자신의 동시를 부끄러워하지 않아도 된다는 자신감도 생겼습니다. 그런데도 어떻게 써야 하는지 어려워하는 아이가 있습니다.

어떻게 써야 하는가에 대한 제 대답은 "솔직하게 쓰되 자기 마음대로"입니다. 여러 번의 퇴고 과정을 거치기 때문에 부담 없이 편하게 써보라고 권합니다. 맞춤법이 틀리고, 내용이 어색하더라도 괜찮습니다. 마음이 가는 대로 쓰는 것이지요. 형식도, 의미도, 운율도 고려하지 말고 마음이 가는 대로 말이죠. 연과 행, 제목도 고려하지 말고, 일단 쓰고 난 뒤에 생각해야 합니다. 아무런 제약과 규칙 없이 편하게 동시를 쓰도록 합니다.

재서가 쓴 〈잠〉입니다.

잠

이재서(청성초등학교)

자꾸만 잠이 온다.
'자면 안 되는데…'
'자면 안 되는데…'
라고 마음속으로
반복해도 꾸벅거리며
머릿속에 들어오지 않는
수업을 꾸역꾸역 넣는다.

재서는 수업 시간에 쏟아지는 잠을 주제로 동시를 썼습니다. 수업이 머릿속에 들어오지도 않지만, 졸린 잠을 쫓아가며 수업을 듣는다고 솔직하게 썼습니다. '자면 안 된다'고 마음먹었지만, 쏟아지는 잠으로 이런 생각마저 흔들립니다. 이런 모습을 점점 작아지게 표현한 것도 인상 깊습니다.

인중이의 〈일상〉이라는 동시입니다.

일상

김인중(하노이 한국국제학교)

반복되는 일상
학교 갔다 집에 가서
숙제를 하고 잔다

오늘도 똑같고 내일도 똑같다

뭔가 특별한 일이
일어났으면 좋겠다.

　인중이는 반복되는 일상을 주제로 동시를 썼습니다. 아무리 일상
을 자세히 찾아봐도 인중이는 별것 없었나 봅니다. 다람쥐 쳇바퀴 돌
듯 일상이 반복됩니다. 이럴 때는 누구나 지루한 일상에서 탈출할 기
회인 특별한 일이 생기길 바랍니다. 일상 속 참신하고 색다른 글감이
아닐지라도 인중이의 동시는 잘 와닿습니다. 자신의 속마음을 솔직하
게 표현했기 때문입니다.

표현하기

동시 쓰기 연습하기

"동시 쓰기가 너무 어려워요."
"동시를 잘 써야 한다는 부담감 없이 써보자. 우리가 읽었던 동시
처럼 마음이 가는 대로 써보렴."
"그래도 어떻게 써야 할지 모르겠어요."

자유롭게 쓰라고 하면 대개 잘 쓰지만, 그래도 어려워하는 경우가
있습니다. 그런 아이들에게는 더 쉽고 간단한 동시 쓰기 연습이 필요
합니다. 첫 번째로 저는 연속된 사진이나 그림을 활용해 동시 쓰는 방
법을 연습합니다. 일상에서 찍은 5~6개 정도의 연속적인 사진을 준비
합니다. 첫 번째 사진을 보고, 한 문장으로 표현합니다. 1번 사진을 보
고 한 문장으로 나타내고, 2번 사진을 보고 한 문장으로 나타내는 것
입니다. 사진마다 한 문장씩 표현하고, 사진이 끝나면 그 문장들을 합
칩니다. 이렇게 문장을 이은 것만으로 동시가 될 수가 있습니다.

예를 들어 다음의 6개의 그림을 순서대로 보여주고, 그림에 어울리
는 상황을 한 문장씩 쓰고 연결합니다. 그렇게 한 편의 동시가 되었습
니다.

1

주말에 서해 갯벌에 갔다

2

엄마는 바지락을 캤다

3

나는 돌을 뒤집었는데

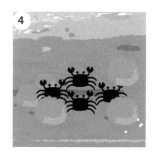

4

꽃게들이 많이 있었다

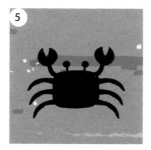

5

한 꽃게가 집게를 펼쳤는데
V 하는 것 같았다

6

꽃게를 조심히
잡아 통에 넣었다

126   동시 쓰는 아이들

V 하는 꽃게

주말에 서해 갯벌에 갔다
엄마는 바지락을 캤고
나는 꽃게를 잡았다.

돌을 뒤집자 꽃게가 집게발을 들었는데
V 하는 것 같았다.
조심히 잡아 통에 넣었다.

이렇게 완성된 동시에 다듬기 활동을 이어서 합니다. 아까 봤던 사진을 다시 보는데, 이번에는 각각의 사진에 집중하지 않고 흐름에 집중하도록 합니다. 아까 썼던 문장들은 낱개 장면에 충실했다면, 이번에는 사진의 흐름을 생각하며 이 문장들을 자연스럽게 연결하게 합니다. 사진마다 한 문장으로 표현했지만, 부족하게 느껴졌다면 문장과 대화를 추가하게 합니다. 불필요한 내용을 지우거나 수정할 수도 있습니다. 마지막으로 어울리는 제목도 정해봅니다. 이렇게 한 편의 동시를 완성했습니다.

게

양효준

게는 자기가 연예인인 줄 아나 봐.

내가 다가가면

사진 찍는 줄 알고

손으로 브이를 하더라고

두 번째는 하나의 사진을 보고 동시를 연습하는 활동입니다. 첫 번째 활동이 1단계라면 이 활동은 2단계라고 할 수 있습니다. 연속된 사진 활동 이후에 이 활동을 해야 하는데, 이 활동이 연속 사진보다 더 어렵기 때문입니다. 그 이유는 연속된 사진을 통해 흐름을 이해할 수 있지만 독립적인 한 장의 사진은 자신이 직접 앞뒤 맥락을 만들어야 하기 때문입니다. 이 활동은 익숙한 사물을 자세히 관찰해서 자세히 써보는 활동과 비슷한데, 차이점은 여기서 제시하는 사진은 사물이라기보다는 어떤 상황을 포함하고 있다는 점입니다.

우선, 교사가 제시한 사진을 자세하게 관찰합니다. 그리고 그 사진에 무엇이 보이는지, 어떤 상황인 것 같은지 이야기해보도록 합니다. 그리고 앞뒤 상황을 생각해보고 그 상황을 담아 문장으로 써봅니다. 첫 번째 활동에서는 앞뒤 상황의 맥락을 사진으로 제시했지만, 이번에는 아이들 스스로 맥락을 고려해 앞뒤 상황을 생각하는 겁니다. 그리고 각 장면마다 한 문장씩 쓰고, 다 쓴 문장들을 모아 동시로 연결합니다.

예를 들어 다음과 같은 그림이 있다고 생각해봅시다. 감기에 걸려 이불을 뒤집어쓰고 있는 상황입니다. 머리맡에 약 봉투와 체온계가 있습니다. 이 상황을 기준으로 자신의 경험을 떠올리며 상황 전후를 연결해보는 겁니다. 지난 겨울 친구들과 장갑 없이 눈싸움을 하다가 감

기에 걸리게 됐다는 이야기가 될 수도 있고, 감기에 걸려 병원에 가서 아픈 주사를 맞았다는 이야기가 될 수도 있습니다.

　세 번째는 본인이 사진을 찍고 동시를 쓰는 활동입니다. 첫 번째, 두 번째 연습은 교사가 제시한 반면에 이번에는 스스로 상황을 정해 보는 겁니다. 위에서 했던 방법 그대로 이미지를 바탕으로 동시를 써 보는 것입니다. 숙제로 오늘 학교에서, 혹은 집에서 사진 한 장을 찍어 오라고 합니다. 책상 위에 올려진 숙제 더미 사진일 수도 있고, 집으로 가는 길에 찍은 더러워진 신발 사진일 수도 있습니다. 이 사진 한 장으로 동시 쓰기가 시작되는 것이지요. 그 사진을 보고 보이는 모습을 동시로 씁니다. 그 당시의 앞뒤 상황이나 감정이나 생각도 써보는 것이지요. 그리고 이것들을 이리저리 배열해보는 겁니다. 아래는 지우가 겨울옷이 있는 옷장을 보고 쓴 동시입니다.

겨울 옷장

정지우(선행초등학교)

내가 겨울옷을 살 때…
일단 편한 거!
무채색 싫어!
따뜻한 거!

이 세 가지만으로도
내 옷장은 무지개떡처럼 변해 간다.

동시 다듬기
다듬기가 어려운 이유

아이들이 쓴 동시를 글로 빗대면 초고이고, 조소로 본다면 뼈대를 완성한 것이라고 할 수 있습니다. 실제로 초고가 최종 원고가 되는 경우는 없고, 뼈대만으로 조소 작품이 되는 경우는 없습니다. 글을 다듬고, 뼈대에 살을 붙여야 작품이 완성됩니다. 그러나 아이들은 이 과정을 기피하는 경향이 있는데, 아이들에게 자신이 쓴 동시를 다시 살펴보라고 하면 고칠 게 없다며 제출하기 일쑤입니다.

아이들이 동시를 다듬지 않는 이유는 무엇일까요. 우선, 동시 다듬는 과정을 귀찮게 여기기 때문입니다. 이럴 경우는 자신이 쓴 동시를 다시 읽고 고치는 과정의 재미를 알도록 해야 합니다. 퇴고의 과정은 게임과 비슷합니다. 게임 캐릭터가 여러 퀘스트를 통해 업그레이드하듯이 초고 → 1차 동시 → 2차 동시 → (…) → 최종 시가 되기 때문입니다. 자신이 쓴 동시가 변해 가는 과정을 보며 아이들의 내적 동기가 높아집니다. 또한 초고에 비해 최종 시가 더 좋다는 친구들의 반응도 동시 다듬기의 재미를 느끼게 합니다.

둘째는 자신을 과신하기 때문입니다. 자신이 쓴 동시가 완벽하다며 너스레를 떨기도 하는데, 이 아이는 자기검열의 반대인 과대평가를 하는 것이죠. 과대평가하면 자신의 동시는 고칠 것이 없는 완벽한 동시기 때문에 수정할 부분이 보이지 않습니다. 수정하면 더 좋은 동시가 될 수 있음에도 말이죠. 자신의 작품을 과대평가하면 더 나은 동시를 만들지 못합니다. 물론 정말 우연히 한 번에 써 내려간 동시가 너무 만족스러울 수 있습니다. 그런데 정말 아이가 아주 좋은 동시를 썼다고 하더라도 돌아보는 시간이 필요합니다. 매번 이런 동시를 쓸 수 없을 테니까요. 앞으로 더 많은 동시를 쓰게 될 아이에게 동시를 점검하는 과정을 알려줘야 합니다.

셋째는 다듬는 방법을 모르기 때문입니다. 교사는 아이들이 좋은 동시가 무엇인지 모를 때는 좋은 동시를 함께 읽어주고, 동시를 어떻게 쓸지 모를 때는 동시 쓰는 다양한 방법을 지도하고 설명해 주어야 합니다. 아이들이 동시 다듬는 방법을 모를 때, "다시 읽어보고 고쳐보세요" 하고 추상적으로 말하기 보다 구체적으로, 어떤 부분을 고쳐야 하는지 교사가 짚어줘야 합니다. 어떤 단계를 거치고, 다듬는 기준이 무엇인지 제시돼야 합니다.

동시 다듬기
동시 조망도

동시 다듬기는 아이가 스스로 자신의 동시를 살피는 것입니다. 다듬기는 우선 스스로 고쳐 쓰고, 그 이후에 타인의 피드백을 거칩니다. 피드백의 주체는 친구와 교사이며, 동시를 돌려 읽으며 이루어집니다.

고쳐쓰기는 전체적인 흐름을 살피는 '교열'과 세부적인 문구를 다듬는 '윤문'의 과정을 거칩니다. 동시를 다듬는 과정에서 '교열'은 전체적인 흐름을 살피는 것으로 거시적 다듬기입니다. 교열 단계에서는 제목과 동시 내용이 연결이 잘 되는지, 자신이 표현하고 싶은 바가 잘 드러났는지, 어울리지 않는 부분이나 추가할 부분이 있는지를 살핍니다. '윤문'은 세부적 내용을 수정하는 미시적 다듬기라고 할 수 있습니다. 윤문 단계에서는 시어가 적절한지, 마침표를 찍을지, 말투는 어떻게 할지 등을 결정합니다. 교열과 윤문 단계는 아이들이 쓴 동시를 다듬기 위해 다양한 것들을 고민해보는 과정이라고 할 수 있습니다. 좋은 동시는 하늘에서 뚝 떨어지는 것처럼 일필휘지로 쓰는 게 아니라 여러 번의 제련 과정을 거쳐야 합니다.

동시 조망도는 전체적인 흐름을 살피는 교열 단계에서 활용합니다. 아이들이 동시를 다 쓰면, 쓴 동시를 돌아볼 수 있게 교사는 질문합니다.

1. 전체 흐름에서 어색한 부분이 있나요?

2. 전체 흐름에서 불필요한 부분이 있나요?

3. 동시에서 말하고자 하는 부분이 잘 드러났나요?

4. 자신의 경험을 담아 솔직하고, 자세하게 썼나요?

동시의 전체적인 흐름을 살피는 질문입니다. 어색한 부분은 수정하고, 불필요한 부분은 지웁니다. 동시에서 말하고자 하는 바를 더 드러내기 위해 자세하게 쓸 수도 있고, 덜어내기를 할 수도 있습니다. 그러나 전체 흐름에서 어색한 부분과 불필요한 부분을 찾는 것은 개인마다 다른 주관적인 영역입니다. 아이들은 어색하지 않다고 말하지만, 교사가 보기에는 어색한 부분으로 느껴지기도 합니다. 반대로 교사의 눈에는 괜찮은데 아이들은 바꾸겠다고 말하기도 합니다. 저는 그럴 때 교사의 개입을 최소화하는 게 좋다고 봅니다. 이는 타인의 견해를 참고하는 게 아닌 스스로 살피는 과정이기 때문에 아이들 스스로 판단하고, 스스로 선택해야 합니다.

동시 다듬기
동시 만다라트

전체적인 흐름을 몇 개의 질문으로 돌아봤다면, 구체적인 윤문의 과정이 필요합니다. 저는 만다라트 기법을 활용해 이 과정을 진행합니다. 만다라트는 3×3 사각형 9개를 정사각형 칸이 사방으로 뻗어 나가는 형태의 발상 기법입니다. 이 모양이 불교의 완전함을 뜻하는 만다라, 혹은 연꽃과 비슷해서 붙여진 이름입니다. 일본의 유명한 야구 선수 오타니가 꿈을 이루기 위해 했던 기법으로 알려져 유명해지기도 했습니다. 그는 가장 중심 정사각형에 8 구단의 드래프트 1위라는 최종 목표를 적고, 주변에 그 꿈을 이루기 위한 8가지 실행 방법을 썼습니다. 동시 만다라트는 교열 과정을 거친 동시를 적고, 주변에 이 동시를 더 세련되게 만드는 질문을 적고 생각해 보는 방법입니다.

가장 중심 정사각형에 자신의 동시를 놓습니다. 그리고 주변에 있는 8개의 칸에, 8개의 질문이 있는 학습지를 줍니다. 주변에 있는 8개의 질문에 맞게 동시를 8가지로 바꿔 써보는 것입니다. 질문을 많이 선택할수록 여러 버전의 동시를 쓰고 비교해야 합니다. 이와 비례하여 자신이 쓴 동시를 여러 관점으로 살필 수 있고, 고민해야 하는 시간도 늘어납니다. 길어지는 고민은 좋은 동시와 성장으로 이어집니다. 8개의 다른 형태로 써보고 이것들을 모두 비교하면 더 효과적이겠지만, 너무 힘들겠지요. 그래서 한두 개의 질문을 고르고, 활동 시간이 남거나 동시 쓰기에 열정이 있는 아이는 추가 질문을 고르도록 하고 있습니다.

읽는 대상을 바꿔볼까? (읽는 대상이 친구라면? 어른이라면?)	말하는 사람을 바꿔볼까? (나, 다른 사람, 혹은 대상의 관점에서)	표현하고 싶은 주제가 드러나게 혹은 감춰볼까?
형식을 다양하게 바꿔볼까?	처음 쓴 동시	더 자세하게 혹은 더 간결하게 써볼까?
띄어쓰기나 맞춤법에 맞게 썼을까?	동시의 시어를 바꿔볼까?	제목을 바꿔볼까?

동시 만다라트에 들어있는 질문을 살펴봅시다. 이 질문은 제가 활용하는 방식인데, 선생님들께서 질문을 추가하거나 바꿔서 사용하실 수 있습니다.

하나, 읽는 대상을 바꿔볼까? — 예상 독자를 바꿔보는 질문입니다. 자신에게 말하는 동시일 수도 있고, 친구, 부모님이 읽을 수도 있습니다. 읽는 대상이 달라지면, 말투가 바뀌거나 주제가 바뀔 수도 있습니다.

둘, 말하는 사람을 바꿔볼까? — 동시 속 말하는 대상(화자)을 바꿔봅니다. 나에게서 제삼자로, 제삼자였다면 일인칭인 나로 바꿔보는 겁니다. 내가 바라보는 지우개를 동시로 썼다면 이번에는 친구가 보는 입장이나 지우개의 입장으로 동시를 써보는 것입니다.

셋, 표현하고 싶은 주제가 드러나게 혹은 감춰볼까? — 자신이 쓴 동시를 기준으로 주제를 더 드러나게 하거나 감춰서 동시를 써봅니다. 처음 쓴 동시에는 화난 감정을 절제했는데, 수정한 동시에는 화난 감정을 그대로 표출해보는 것입니다. 반대로 감정과 생각을 그대로 표출

했다면 조금 감춰서 표현해보는 겁니다.

넷, 형식을 바꿔볼까? ─ 행과 연을 구분하거나 대화문을 넣어볼 수 있습니다. 글씨를 의도적으로 크게 한다든지, 반대로 돌려본다든지 다양한 표현 방법을 활용해보도록 하는 질문입니다.

다섯, 더 자세하게 혹은 더 간결하게 써볼까? ─ 자세하게 쓴 동시는 간결하게 표현해보고, 간결하게 쓴 동시는 자세하게 써보도록 합니다. 예를 들어, 선풍기에 대한 간단한 동시를 썼다면 선풍기가 돌아가는 모습이나 소리를 좀 더 자세히 묘사해보는 겁니다. 반대로 자세히 쓴 것을 의도적으로 생략해 보기도 합니다.

여섯, 띄어쓰기나 맞춤법에 맞게 썼을까? ─ 자신이 쓴 동시가 띄어쓰기와 맞춤법이 맞는지 확인하는 질문입니다. 띄어쓰기나 맞춤법이 헷갈리는 부분을 넘어가는 것이 아니라 점검하도록 하는 질문입니다.

일곱, 동시의 시어를 바꿔볼까? ─ 기존에 쓴 동시의 시어를 바꿔보는 활동입니다. 비유적 표현을 사용할 수도 있습니다. 그 상황을 더 적절하게 표현할 수 있는 단어는 없을까 고민해보는 과정입니다. 시어 하나의 의미를 알아볼 수 있습니다. 이 활동을 통해서 시어가 어디에 있을지, 자신이 쓴 시어가 더 적절한지 좀 더 고민하기도 합니다. 이 활동은 학생들이 시어 하나하나의 중요성을 알 수 있습니다.

여덟, 제목을 바꿔볼까? ─ 자신이 썼던 제목을 다시 생각해봅니다. 제목이 내용을 잘 아우르는지 살피고, 독자의 관심사를 끄는 제목을 찾아보는 질문입니다. 한 개가 아니라 여러 제목을 써보도록 하면 선택의 폭은 더 넓어지게 됩니다.

동시 만다라트에 있는 질문 중 하나를 선택하고, 처음 썼던 동시를 바꿔봅니다. 그리고 원래 쓴 동시와 바꾼 동시를 비교하는데, 두 동시 중 하나를 선택하는 것이 아닙니다. 여러 버전의 동시를 비교하면서 더 고칠 부분이 없는지 스스로 들여다보도록 하는 것입니다. 다음 동시 만다라트를 할 때 이번에 고르지 않았던 질문을 고르게 하면 다양한 질문을 모두 접할 수 있습니다.

두 개 이상의 동시를 썼다면 이제는 최종 시를 쓰는 단계입니다. 이 과정에서 저는 자신이 쓴 동시를 소리 내어 읽도록 합니다. 여러 번 소리 내어 읽으며 동시의 흐름이 어색한 부분을 찾고, 전체적인 흐름에 비해 어울리지 않는 부분을 찾거나 연결이 엉성한 부분을 스스로 살핍니다. 동시를 소리를 내어 읽으면 생생함이 느껴지고, 어색한 부분이 쉽게 드러나기 때문입니다. 동시를 입말로 바꿔보는 과정인데, 아이들은 글로 읽는 것보다 말로 표현할 때 더 예민하게 어색함과 자연스러움을 구분할 수 있어서 효과적입니다. 자신의 동시를 돌아보기 위해서는 집중해야 하는데, 반에서 친구들이 동시에 소리를 내어 읽으면 산만해질 수 있습니다. 따라서 조용한 분위기를 만들거나 자신만의 장소에서 점검하도록 합니다.

자신이 쓴 동시를 조용한 곳에서 녹음한 뒤 들어봐도 좋습니다. 고쳐쓰기 단계는 온전히 스스로 점검할 수 있도록 합니다.

아래는 민서가 처음 쓴 동시입니다.

띄어쓰기의 중요성

김민서(선행초등학교)

띄어쓰기는 중요하다

아버지가방에들어가신다
가방이 도라에몽 가방이 되고

엄마요리하신다
엄마가 재료가 될 수도 있다.

역시 1학년 때부터 배우는 이유가 있어!

이 동시를 만타라트 방법으로 다듬기를 했습니다.

"민서는 어떤 질문을 골랐니?"

"저는 '동시의 시어를 다른 단어로 바꿀 순 없을까?'와 '주제가 더 드러나게 표현할 순 없을까'요."

"두 개를 골랐구나. 처음 썼던 동시에서 고민되는 시어가 있니?"

"음. '엄마요리하신다'가 좀 걸려요. 뭔가 동심 파괴 같은 느낌?"

"그렇게 볼 수도 있겠구나. 띄어쓰기를 잘하지 않아서 의미가 달라진 표현을 사용하면 되겠네."

"네."

"이 동시의 주제에서 어떤 걸 말하고 싶어?"

"띄어쓰기가 사실 중요하잖아요. 그런데 평소에는 잘 신경 쓰지 않아서요. 띄어쓰기가 중요하다는 걸 말하고 있어요."

"띄어쓰기를 하지 않아서 오해가 생긴 상황 2개를 썼는데 너무 많이 드러난 것 같아?"

"아니요. 좀 더 드러내고 싶어요."

어떻게 동시가 변했을까요. 동시 〈띄어쓰기의 중요성〉을 읽어봅시다.

띄어쓰기의 중요성

김민서(선행초등학교)

띄어쓰기는중요하다

아버지가방에들어가신다
가방이 도라에몽 가방이 되고

엄마는수원시어머니합창단
엄마가 시어머니가 될 수도 있다.

역시1학년때부터배우는이유가있어
아!
역시 1학년 때부터 배우는 이유가 있어

최종 동시가 처음 쓴 시와 달라진 점을 찾으셨나요. 민서가 골랐던 두 개의 질문이 잘 반영된 것 같으신가요. '엄마요리하신다'를 '엄마는 수원시어머니합창단'으로 바꿨습니다. 또한 동시의 주제를 더 드러내기 위해 여러 부분을 수정했습니다. 처음 쓴 동시에서는 띄어쓰기를 했는데, 최종 동시에는 첫 연을 의도적으로 띄어쓰기를 하지 않았습니다. 동시의 흐름을 '하나, 띄어쓰기는 중요하다고 알고 있지만 주의 깊게 신경 쓰지 않았음, 둘, 띄어쓰기를 하지 않았을 때 여러 오해 상황이 생길 수 있음, 셋, 이제부터는 띄어쓰기를 제대로 해야겠다고 생각하고, 실제로 노력함'으로 구성한 것입니다. 처음 쓴 동시에 비해 주제를 잘 드러냈습니다.

동시 다듬기 연습

질문: (만다라트에서 고른 질문을 써보세요.)

처음 쓴 동시	다시 쓴 동시
(질문을 적용할 동시를 써보세요.)	(질문에 따라 처음 쓴 동시를 바꿔보세요.)

동시 다듬기
함께하는 동시 다듬기

과거에 우리가 학생 때 받았던 피드백을 생각해봅시다. 최선을 다해 쓴 글을 전문가인 선생님이 여기저기에 빨간 펜으로 선을 긋고 주석을 달아놓았습니다. 이런 부정적인 평가 경험 때문에 동시와 글이 우리의 삶과 멀어진 건 아닐까요. 피드백은 자신이 쓴 시에 빨간 펜으로 선을 그어 고쳐야 할 것들을 지적하는 것이 아니라 작품을 나누는 경험이 돼야 합니다. 동시 피드백이 하나의 놀이로 여겨져야 하는 것이죠. 그런 점에서 동시 수업에서 피드백은 우리가 경험했던 피드백보다 더 허용적이고 편안한 분위기에서 진행해야 합니다.

스스로 동시 다듬기를 한 다음은 타인의 조언을 받는 피드백 단계입니다. 피드백 단계의 장점 첫째는 다른 사람의 조언을 반영해 동시가 다듬어지는 과정을 경험할 수 있다는 것입니다. 혼자 고쳐쓰기를 했지만, 자신이 생각하지 못한 부분을 타인은 볼 수 있습니다. 또한 타인의 의견을 고려해 더 좋은 동시로 다듬는 과정은 동시 쓰기에서 독자를 고려해야 한다는 것을 알게 합니다. 동시는 나 혼자만의 작품이라 그 자체로 가치 있지만, 누군가 읽어줬을 때 더 빛나는 법이기 때문입니다.

둘째는 다양한 동시를 접할 기회가 됩니다. 타인의 동시를 조언하기 위해선 동시를 읽어야 하는데, 자연스럽게 다양한 동시를 접하게 되는 것이죠. 동시 읽기의 과정임과 동시에 자신이 몰랐던 타인의 마음과 상황을 이해할 수도 있습니다.

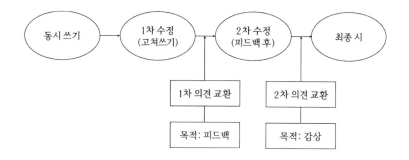

교실 속 동시 수업에서 피드백을 하는 대상은 교사와 친구를 말합니다. 저는 이 피드백 활동에서 아이들이 자유롭게 교실을 돌아다니면서 서로의 동시를 읽게 합니다. 피드백 시간 동안 아이들은 선생님의 조언을 듣기도 하고, 친구들의 조언을 듣기도 합니다. 이 피드백은 2차에 걸쳐 진행합니다. 하지만 그 목적이 다릅니다. 1차는 시를 좀 더 다듬기 위한 의견을 나누는 것이 목적이고, 2차는 1차 피드백 이후 수정한 동시를 감상하는 것을 목적으로 합니다.

하나, 1차 의견 교환

이 1차 의견 교환 과정은 친구가 쓴 동시가 더 좋은 동시가 될 수 있게 도움을 주는 과정입니다. '진짜 동시에 나온 경험을 했어?', '그때 마음은 어땠어?', '이 시어를 쓴 이유가 있어?', '제목을 이렇게 쓴 이유는 뭐야?'와 같이 아이들은 적극적으로 질문을 하고, 작가는 이 질문에 답합니다. 친구의 질문에 자신의 답변이 부족하다면 그 부분을 신경을 써서 다시 동시를 수정합니다. 반대로 친구의 질문에 대답하다 보니 자신이 쓴 동시에 대한 확신이 들기도 합니다. 자신이 이렇게 표현한

동시 쓰는 아이들

마땅한 이유가 공고해지는 것이죠. 결국 친구의 피드백을 반영할지 아니면 참고만 할지 결정은 본인이 합니다. 그러니 친구의 작품에 대해 적극적으로 조언하도록 합니다. 이 과정은 친구의 동시가 더 좋은 동시가 될 수 있도록 도움을 줄뿐더러 자신의 의견은 친구가 결정하기 때문에 너무 부담을 갖지 않아도 됩니다.

또한 교사의 조언도 의견일 뿐이라는 것을 강조합니다. 아이들의 눈에는 교사의 조언이 정답처럼 보이기 때문입니다. 아이들이 교사를 전문가로 바라보기에 선생님의 의견을 적극 받아들이는 경향이 있습니다. 즉, 교사가 "이렇게 해보는데 어때?" 하고 조언하면 아이들은 선생님의 의견에 영향을 받습니다. 교사의 조언은 친구들의 의견처럼 수평적이지 않습니다. 교사가 조언을 하게 될 경우는 조언 대신 질문으로 간접적으로 하는 게 좋습니다. 정해진 정답을 제시하는 것이 아니라 생각해볼 수 있는 거리를 주는 것이죠.

교사는 아이들 사이에서 동시 의견 교류가 활발히 이루어질 수 있도록 촉진하는 역할을 합니다. 교사는 동시 쓸 때의 예절이라든지, 친구 작품을 감상할 때의 유의점을 지도해야 합니다. 상대방의 기분을 상하게 하는 표현이나 의도적으로 날카로운 표현을 했을 때는 주의를 시킬 수도 있습니다. 관계가 어색해서 서로 동시 교환을 하지 않는 아이들에게 교사는 이들을 연결해주는 다리 역할을 하기도 합니다.

다음의 〈내 동생〉은 채은이가 고쳐쓰기를 통해 완성한 동시입니다.

내 동생

이채은(선행초등학교)

말 안 듣는 내 동생
매일매일 약 올리는 내 동생
골칫덩어리 내 동생은
말도 안 듣고 밉지만,
그래도 사랑스러운 내 동생

피드백 시간에 채은이는 돌아다니며 다른 친구들의 동시와 교환해서 읽었습니다. 그리고 서로 동시에 관한 질문과 조언을 했습니다. 한 친구가 물었습니다.

"정말 동생이 사랑스러워? 난 아닌데"
다음 친구도 비슷하게 물었습니다.
"그렇게 맨날 약을 올리는데 진짜 사랑스러운 거 맞아?"
"내 동생이랑 하는 게 비슷하네. 내 동생은 사랑스럽지 않고 진짜 짜증 나."
"내 동생을 반복적으로 사용한 이유가 있어?"

채은이의 동시를 읽은 친구들의 피드백은 비슷했습니다. 정말 채은이가 동시를 솔직하게 썼는지 궁금해했습니다. 동생이 사랑스럽다는 채은이의 모습이 신기하고 부럽다는 것이었습니다.
채은이와 대화를 해봤더니, 스스로 동생은 사랑해야 한다는 암묵적인 틀에 갇혀 있었던 것 같다고 했습니다. 친구들의 조언을 듣고, 자신의 속마음을 솔직하게 들여다보게 된 것입니다. 그 조언을 듣고 채은이는 동시를 수정했습니다.

내 동생

이채은(선행초등학교)

장난꾸러기 내 동생
매일매일 말 안 듣는 내 동생
골칫덩어리 내 동생은
좋아하려 해도 그럴 수가 없다.

친구들의 의견을 받아들여 동생에 대한 솔직한 마음을 표현했습니다. 일부 시어를 다듬기도 했습니다. 어떤 동시가 더 솔직하게 느껴지시나요.

둘, 2차 의견 교환
1차 의견 교환은 더 나은 동시를 위한 조언의 단계였다면, 2차 의견 교환은 친구가 완성한 동시를 감상하는 것을 목표로 합니다. 친구의 동시를 읽고 내 마음이 어떻게 변했는지, 이 동시가 어떻게 느껴졌는지 감상하는 것입니다. 어떤 부분이 공감되는지, 어떤 부분이 재미있는지 구체적인 감상평을 남깁니다. 작은 쪽지에 써서 의견을 남겨도 되고, 발표할 수도 있습니다. 상황에 따라 익명 감상평을 사용하기도 합니다. 패들렛이라는 인터넷 플랫폼을 이용하면 실시간으로 친구들과 동시 피드백 및 감상 수업을 할 수도 있습니다.

완성된 친구의 동시를 감상하면서 아이들은 낄낄거리며 웃기도 하고, 작게 미소 짓기도 합니다. 친구가 쓴 동시를 읽어보니 자신의 경험이 떠오르기도 하고, 동시 속 상황이 상상되기 때문입니다. 친구가 자신이 쓴 동시를 읽고 재밌다고 칭찬하거나 공감된다며 감상평을 남기면 작가는 얼마나 뿌듯할까요. 작가의 의도를 누군가 알아차려 헤아린다면 얼마나 마음이 기쁠까요. 친구들의 반응은 아이들이 동시를 쓰는 원동력이 됩니다. 친구들에게 인정받는 경험을 통해 아이들은 창작의 즐거움과 가치를 알게 됩니다. 이런 선순환의 과정은 동시 쓰기의 재미를 알게 해주고, 꾸준한 동시 쓰기로 이어집니다.

세계 최고의 베스트셀러 작가라고 불리는 스티븐 킹은《유혹하는 글쓰기》(김영사, 2017)에서 자신의 일화를 소개합니다.

> "이번엔 베끼지 않은 거니?"
> 끝까지 읽은 후 어머니가 물었다. 나는 그렇다고 대답했다. 어머니는 책으로 내도 될 만큼 훌륭하다고 말씀하셨다. 그렇게 나를 행복하게 만드는 말은 지금껏 어느 누구에게서도 들어본 적이 없다.

스티븐 킹이 1학년 때 재밌게 읽은 책을 베껴서 쓰곤 했습니다. 어머니는 그런 행동을 다그친 게 아니라 스티븐 킹이 베낀 책보다 더 재밌는 이야기를 쓸 수 있는 재능이 있다고 지지했습니다. 그리고 스티븐 킹이 처음으로 쓴 이야기를 책으로 내도 될 만큼 재미있다고 칭찬합니다. 이 일화를 보며 아이들에게 필요한 건 스티븐 킹의 어머니가 스티븐 킹에게 했던 말처럼 아무런 조건 없는 인정과 지지가 아닐까 생각해봅니다. 친구들의 응원, 선생님의 지지, 학부모의 믿음처럼 말이죠.

동시 다듬기
나는 작가

책이나 시를 쓰는 작가들은 어떻게 작품을 다듬을까요. 검토 과정에서 다른 사람이 조언하는 대로 반영하지 않습니다. 조언을 받아들일지 말지는 결국 작가가 결정합니다. 아이들이 동시를 쓰는 과정은 등단한 작가와 별반 다르지 않습니다. 제목을 정하는 것, 친구들의 피드백을 받아들일지 아닐지는 온전히 작가의 몫입니다. 실제로 아이들은 친구들의 1차 피드백을 반영하기도 하고, 하지 않기도 합니다. 교사로서 아이들이 쓴 동시를 보면 아쉬운 부분이 보이고, 이 부분을 조금 더 고치면 좋을 것 같다는 마음이 들기도 하지만, 조금 아쉽더라도 아이들의 표현과 의견을 존중해야 한다고 봅니다. 어른들도 동시 한 편 쓰기 어려운데 아이들이 동시를 쓴다는 게 얼마나 대단한 일입니까. 친구들과 교사의 조언을 듣고 고민한 걸로 충분합니다.

동시 수업을 하는 동안 아이들은 작가가 됩니다. 저는 동시 수업을 할 때는 아이들의 이름에 "작가님"이라고 호칭을 붙입니다. 아이들이 쓴 최종 동시는 작품이며, 아이들의 동시 작품은 온전히 작가(아이)의 소중한 창작물로 여기고 대합니다. 최종 시를 완성한 후의 작품은 소중하게 다룹니다. 작품을 게시하거나 다룰 때도 아이들에게 꼭 물어봅니다. 이 작품을 게시하려고 하는데 괜찮은지 말이죠. 아이들이 쓴 동시를 예시 작품으로 쓰거나 수업에 활용할 때도 사전에 허락을 받도록 합니다. 아이의 작품이 저작권을 갖기 때문에 당연히 해야 하는 일이기도 하지만, 아이들의 동시를 시인이 쓴 동시 작품과 동일하게 대하는 태도를 통해서 아이들이 쓴 동시에 대한 가치를 느끼게 하기 위함입니다. 동시에 대한 애착을 갖도록 하는 것이죠. 동시 수업의 목표는 완결된, 완성된 동시 작품을 쓰는 것이 아니라 아이들이 자신의 삶을 들여다보고 동시를 쓰는 재미를 알게 하는 것입니다.

제4장

———

다양한 동시 활동

동시 수업은 좋은 동시를 읽고, 동시를 써보는 것으로 충분하지만, 다양한 동시 놀이와 활동은 동시 수업을 더욱 풍부하고 알차게 해줍니다. 초등학생들은 활동을 통해 배우기 때문에, 동시 활동은 동시 수업과 함께 진행하면 좋습니다. 다양한 동시 활동은 동시에 대한 거부감을 낮추고, 동시의 흥미를 높입니다.

동시의 변신

크로스오버라는 용어가 있습니다. 이 용어는 어떤 장르에 다른 장르의 요소가 합쳐지는 것을 말하며, 음악 장르에서 시작되었습니다. 지금은 음악뿐만 아니라 예술, 문학 등 다양한 장르에서 서로의 영역을 넘나드는 현상을 말합니다. 소설《셜록 홈스》가 영화가 되고, 드라마로 만들어지는 것이 그 예입니다.

동시도 카멜레온처럼 다양한 장르로 변할 수 있습니다. 동시의 크로스오버라고 볼 수 있습니다. 동시는 생활글이나 이야기, 대본으로 바뀔 수 있습니다. 반대로 아이들이 쓴 생활글을 바탕으로 동시를 쓰거나 재미있게 읽은 동화를 동시로 써볼 수도 있겠지요. 동시의 변신은 다양한 글의 장르에 국한하지 않습니다. 동시를 미술과 연계하여 다양하게 표현할 수도 있습니다. 동시와 어울리는 그림을 그려 시화 활동을 할 수도 있고, 동시를 아이들이 즐겨보는 만화나 영상으로 변신하기도 합니다.

음악과도 연계하여, 자신이 쓴 동시를 가사로 바꿔 노래를 만들거나 노래를 듣고 동시를 쓸 수도 있습니다. 신체 표현 활동과 연결해 아이들이 쓴 동시를 신체로 표현할 수도 있습니다. 이처럼 동시의 변신은 무죄입니다. 동시의 변신이 다양하고 유연할수록 장르의 경계는 사라지고, 동시의 영역은 넓어집니다. 아이들의 상상력이 풍부해지면서, 동시 수업이 즐거워지는 건 덤입니다.

하나, 생활글, 이야기, 대본으로 바꾸기

생활글은 자신 생활에서 겪은 일을 바탕으로 인물과 경험, 감정, 생각, 대화를 자세히 쓰는 글을 말합니다. 동시는 아이들의 경험에서 가장 인상 깊거나 표현하고 싶은 순간의 감정과 생각을 함축적으로 표현한 글입니다. 이처럼 동시와 생활글은 특징과 성격이 다르지만, 아이들의 경험을 바탕으로 쓴다는 공통점이 있습니다. 둘 다 삶을 알맹이로 하고 표현 방법만 다르다는 점에서 생활글을 동시로 바꾸거나 동시를 생활글로 바꿀 수 있습니다.

아래는 한 학생이 쓴 생활글입니다. 매끄러운 이해를 위해 교정 교열을 했습니다.

걷고 또 걷고 계속해서 걷는다

새해가 된 지 2일 차, 나는 은호를 만났다. 보자마자 은호는 요요 쇼를 보여줬다. 역시 유튜버답게 엄청나게 잘했다. 요요를 보니 눈이 막 돌아가는 느낌이었다. 신기했다.

나는 곤충을 좋아했던 은호한테 장수풍뎅이의 특징을 물어봤다. 은호가 신나서 장수풍뎅이를 설명하는 동안 나는 일부러 방향을 틀어 아파트 밖으로 나갔다. 우리는 신곡초 쪽으로 걷기 시작했고, 나는 은호의 말이 끝나지 않게 계속 물어봤다. 은호가 힘들어하자 아파트로 돌아왔다. 은호는 힘들어 그네에 주저앉아 버렸다. 나는 1만 보를 채우고 싶어 은호한테 상록 아파트까지 가자고 했다. 은호가 말했다.

"야! 나 여기까지 오면 혼나"

"야! 그럼 엄마한테 말하면 되잖아."

은호는 부모님께 전화를 드리고, 우리는 다시 걸었다. 결국 우리는 1만 보를 채웠다. 그런데 내가 오기가 생겨서 2만 보를 채우고 싶었다. 이번에는 우리 아파트 한 바퀴를 걸어보자고 했는데, 은호는 싫다고 했다.

'이 정도에 포기할 내가 아니다.'

이번엔 은호에게 사슴벌레에 관해서 물어보며, 아파트 쪽으로 유인했다. 은호는 나한테 또 당해버렸다. 은호는 힘들어했지만, 호수에 있는 얼음 위에 올라가 보려고 하면서 재밌어했다. 그렇게 동네로 돌아오고 나니 2만 보 정도였다. 와우!!

정수는 주말에 있었던 일을 자세하게 풀어서 생활글을 썼습니다. 생활글에는 글감이 될 만한 부분이 여럿 있어서 동시로 바꾸기 위해서는 쓰고 싶은 특정 부분을 선정해야 합니다.

"은호와 여러 일을 했는데, 어떤 부분을 동시로 써보고 싶어?"

"혼자는 가본 적 없었는데, 친구랑 가니까 멀리까지 간 거요."

생활글을 토대로 쓴 동시입니다.

언제 여기까지 왔지?

김정수[*]

은호랑 만났다
"우리 뭐하지"
"글쎄" 하면서 걷는다
왜 걷는지도 모르고
걷는다
몇 시간 동안 걸으니
동네랑 멀어졌다.

언제 여기까지 왔지?

    이 학생은 이만 보를 채우기 위해 친구와 수다를 떨고, 놀다 보니 동네와 멀어진 상황을 동시로 표현했습니다. 동시로 표현한 상황이 생활글에 구체적으로 드러나진 않았지만, 이 학생에게는 이 생각이 가장 인상 깊었던 것이지요. 반대로 자신이 쓴 동시를 생활글로 바꿀 수도 있습니다. 동시 상황의 맥락을 살려 자세히 쓰면 되겠지요.

    동시를 연극 대본으로 바꿀 수도 있습니다. 이 활동을 하기 전에 대본의 의미와 특징, 형식을 알아야 합니다. 또한, 극적 재미를 위해 새로운 등장인물이나 갈등을 추가할 수도 있습니다. 교과서 연극 단원에

---

[*] 학생의 요청으로 가명을 사용했습니다.

제시된 대본을 아이들의 경험을 바탕으로 각색한 대본으로 대체하여 학급 연극을 할 수 있습니다. 친구들이 각자 쓴 대본을 읽어보고, 하고 싶은 대본을 선정합니다. 대본 리딩도 하고, 등장인물 오디션을 통해 역할을 고르고, 무대를 준비합니다. 아이들이 연극의 대본부터 공연까지 직접 해보는 것이지요.

아래는 정수가 쓴 동시를 바탕으로 각색한 대본의 일부입니다.

우리는 어디로 가는 걸까? (연극)

등장인물: 주인공 강훈, 친구 은호, 은호 엄마, 길을 묻는 행인 1
주인공 강훈이 아파트 입구에서 은호를 기다린다. 멀리서 은호가 걸어오자 강훈은 반갑게 손을 흔들며, 은호를 부른다.

강훈: 오~~ 유튜버
은호: 쑥스럽게 왜 그래.
강훈: 맞잖아, 유튜버~ 어제 올라온 거 봤어. 나한테도 보여주라.
은호: (주머니에서 요요를 꺼내며) 자. 잘 봐.

은호가 요요를 꺼내 여러 기술을 선보인다.

강훈: (손뼉을 치며) 이야~ 엄청나게 잘한다. 눈이 막 돌아
　　　가는 것 같아.

은호: (수줍게 웃으며) 고마워.

…

…

둘, 음악이 된 동시

음악은 우리의 삶과 뗄 수 없는 동반자입니다. 4분 남짓한 노래 한 곡에는 여러 이야기가 담겨 있습니다. 사랑의 달콤함과 이별의 아픔 등 우리의 삶이 멜로디와 가사에 담겨 있습니다. 명곡이라고 불리는 노래는 우리의 마음을 울립니다. 음악에도 인간의 삶이 녹아있다는 점에서 음악과 동시도 비슷합니다. 따라서 동시가 음악이 될 수도 있고, 음악이 동시가 될 수도 있습니다.

우선 음악을 동시로 표현하는 활동입니다. 노래 가사만 떼어놓고 봤을 때 시처럼 느껴지는 노래도 많고, 좋은 시의 구절을 담은 노래도 많습니다. 유명 작사가를 시인이라고 비유하는 것도 비슷한 이유지요. 자신이 좋아하는 노래의 가사를 옮겨 쓰고, 동시로 바꿔보는 활동도 가능합니다.

가사를 동시로 접근하는 방법 이외에 감상 곡을 동시로 표현하는 활동도 있습니다. 예를 들어 슈베르트의 '송어'를 감상하고, 떠오르는 느낌이나 생각을 동시로 표현해보는 것입니다. 사전에 제목을 알려주면, 아이들이 음악을 들으며 제목과 연결하려고 하므로 저는 제목을 알려주지 않고 감상합니다. 눈을 감고 음악을 감상하며 떠오르는 이미지나 느낌을 공책에 적습니다. 그리고 이 기록한 내용을 바탕으로 동시로 표현합니다. 음악이 동시로 크로스오버된 것이지요.

동시를 음악으로 바꾸는 활동은 가사 바꾸기(만들기)와 노래 만들기로 나눌 수 있습니다. 가사 바꾸기는 자신이 알고 있는 노래의 가사 대신 자신이 쓴 동시를 넣는 활동입니다. 이 활동은 저학년부터 고학년까지 두루 적용할 수 있습니다. 우선, 자기가 쓴 동시와 어울릴 만한 노래를 선정하고, 노래의 멜로디에 맞게 가사를 만듭니다. 자신이 쓴 동시를 멜로디에 맞게 조금씩 수정하는데 이 과정에서 자연스럽게 동시의 특징인 운율감을 느낄 수 있습니다. 제한적이지만 가락 만들기를 할 수 있는 고학년은 노래 만들기도 할 수 있습니다. 자신이 쓴 동시에 어울릴 만한 가락을 만들어보는 활동으로, 작사·작곡을 해보는 것입니다. 대체 활동으로 동시를 읽을 때 어울릴 만한 배경음을 만들거나 고르는 활동도 할 수 있습니다.

음악 시간과 연계해 동시 노래를 감상하거나 불러볼 수도 있습니다. 유튜브 채널 '동시YO'에는 동시의 특징을 살린 잔잔한 동요부터 신나는 랩까지 다양한 노래가 있습니다.

셋, 미술이 된 동시

동시 쓰기와 그림은 실과 바늘처럼 단짝인데, 동시에 어울리는 그림을 그리는 시화 수업은 동시 수업에서 가장 쉽게 할 수 있는 활동이기도 합니다. 외로움, 열정과 같은 추상적 주제를 담은 시에 어울리는 그림을 그리기는 어렵습니다. 그러나 경험을 바탕으로 쓴 동시에는 구체적 상황이 드러나기 때문에 어울리는 그림은 쉽게 떠올려 그릴 수 있습니다. 예를 들어 지난 주말 삼겹살을 맛있게 먹은 경험으로 동시를 썼다면, 가족과 식당에서 삼겹살을 먹었던 모습을 그리거나 삼겹살을 먹고 행복해하는 자신의 표정을 그릴 수도 있겠지요. 상추쌈에 올라간 삼겹살을 그릴 수도 있습니다.

시화 수업 이외에 동시를 만화로 표현하는 활동이 있습니다. 그림보다 만화는 맥락이 담겨 있어 오히려 동시와 더 잘 어울리기도 합니다. 동시 만화 활동을 시작할 때는 바로 만화를 그리기보다 사전 계획을 세우는 게 좋습니다. 몇 컷 만화를 할지, 컷은 어떻게 배치할지 결정하고, 컷마다 어떤 상황을 그림으로 표현할지 구상하는 단계가 필요합니다. 저는 아이들에게 먼저 구상하고, 구상을 마친 학생들은 도화지나 A4 용지에 자신이 구상한 컷 수로 나눠서 간단하게 그림을 그려보도록 합니다. 그리고 구상한 그림을 바탕으로 만화로 표현합니다. 만화와 웹툰을 많이 접하는 요즘 아이들이 좋아하는 활동입니다.

우선 4컷 동시 만화를 감상해봅시다.

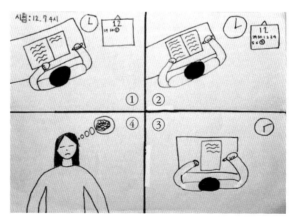

김서진(선행초등학교, 2020.12.21.)

동시 쓰는 아이들

만화를 보니 어떤 동시를 썼을지 상상이 가시나요. 1번부터 3번까지의 컷이 비슷해 보이지만 자세히 보면 달력의 날짜와 시계가 다릅니다. 첫째 컷에서 시험은 12월 7일 오후 4시라고 나와 있습니다. 달력은 12월 1일이죠. 둘째 컷의 날짜는 드디어 시험 당일인 12월 7일입니다. 셋째 컷은 시험을 보는 상황을 그렸습니다. 마지막 컷은 아쉬운 표정과 함께 복잡한 머릿속을 그렸습니다. 이 동시는 4컷 만화로 표현했는데, 연습이 된다면 컷 수를 늘리고 대사까지 넣을 수 있습니다. 그러면 이제 이 학생이 쓴 동시를 읽어볼까요.

시험

김서진(선행초등학교)

시험 보기 며칠 전 시험공부
시험 보기 몇 분 전 시험공부

계속 시험공부 해도
계속 까먹는다

동시를 읽어보니, 만화로 잘 표현한 것 같나요?

동시를 만화로 표현하는 활동 이외에 동영상으로 표현할 수도 있습니다. 유튜브나 브이로그(Vlog) 등 동영상에 익숙한 아이들이 흥미 있어 하는 활동입니다. 저는 이 활동을 동시 영화 혹은 동시 뮤직비디오라고 말합니다. 동시 영화 수업을 할 때면 배우 강하늘 주연의 영화

〈동주〉 중 일부를 보여줍니다. 영화 말미에 윤동주는 옥중에서 피를 토하며 생을 마감합니다. 고통스러워하는 윤동주의 모습이 오버랩되면서 차분하고 담담한 목소리로 서시를 읊는 영상이 있습니다. 이 영상을 예시로 삼아 아이들과 동시 영화 만들기 활동을 합니다. 동시 영화는 주로 모둠 활동으로 진행하는데, 모둠원이 토의하여 배운 동시나 친구가 쓴 동시 중 한 편을 선정합니다. 동시를 선정하면 모둠원이 다 함께 동시를 읽고, 간단하게 영화 계획인 시놉시스를 짭니다. 〈동주〉처럼 소리가 없는 영상에 동시를 녹음해 입혀도 되고, 대화하는 영상이 다 끝난 후에 동시가 나올 수도 있습니다. 영화 계획은 촬영 장소나 등장인물, 대사까지 구체적일수록 좋습니다. 계획을 다 했으면 촬영 감독, 연기자, 소품 및 엑스트라 등의 역할을 선정합니다. 먼저 역할을 정하면 각자의 역할만 생각해 전체를 이해하지 못하거나 친구의 역할에 관심을 두지 않을 수 있기 때문에 계획을 다 세운 후 역할을 정하는 게 좋습니다.

모둠별로 영화를 다 찍으면 아이들이 찍은 영화를 함께 보는 '동시 영화제'를 개최할 수도 있습니다. 혼자 영상 촬영과 편집을 할 수 있다면 1인 동시 영화를 만들 수도 있습니다.

협동시 쓰기

여럿이 협동하여 하나의 작품으로 그린 그림을 협동화라고 합니다. 초등학교에서 협동화를 두 가지 방식으로 진행합니다. 첫 번째는 작품 하나를 학생 인원수만큼 나눠서 개인이 각자 그린 그림을 하나로 모으는 방법입니다. 두 번째는 그림의 계획부터 표현까지 모두 머리를 맞대어 하는 방법입니다.

협동화와 비슷하게 협동시는 반 친구들과 함께 한 편의 동시를 완성하는 활동입니다. 아이들이 동시의 주제부터 표현까지 함께 지을 수도 있지만, 수업 적용에는 어려움이 많았습니다. 주제에 대한 경험과 느낌이 달라 하나로 모으기 어려웠고, 한두 명의 친구에게 의존하는 경향이 많았기 때문입니다. 따라서 저는 첫번째 협동화 방식이 협동시에 더 적절하다고 생각합니다. 하나의 주제 안에 각자 쓴 동시를 모아 하나로 만드는 것입니다. 협동시를 쓸 때는 여러 내용을 아우를 수 있는 포괄적인 주제나 구분할 수 있는 주제가 좋습니다. 예를 들어, 과일, 동물, 식물, 우리 학교, 우리 반 등의 주제가 있습니다. 만약 '우리 반'이라는 주제를 골랐다면 아이들이 생각하는 학급에 대한 생각을 모아 협동시를 쓸 수 있습니다.

협동시에 참여하는 인원에 맞는 주제를 선정할 수도 있습니다. 월(月)은 12명까지 가능하고, 계절은 4명이 함께 참여할 수 있습니다. 예를 들어 모둠 구성원이 네 명인 경우 '계절'이라는 주제를 정하면 각각 봄, 여름, 가을, 겨울을 맡아 계절을 표현할 수 있습니다. 그리고 아이들이 각자 쓴 내용을 엮어 하나의 동시로 만드는 것이지요.

계절

1번 모둠

봄이 오면 학교에 간다
담임 선생님은 누굴까
우리 반 친구는 누굴까
아는 친구들이 많았으면 좋겠는데

여름은 덥고
여름방학은 즐겁다

가을이 오면
단풍잎은 빨갛고
은행잎은 노랗다.
은행 열매 냄새는 구리다

나는 겨울이 좋다
눈이 오기 때문이다.
눈 오면 눈싸움해야지.

한 편의 협동시를 썼는데, 어떠신가요. 따로 말하는 느낌이 들지만 계절별로 친구들의 특징이 느껴집니다. 동시를 쓴다고 하면 온전히 혼자 하는 활동으로 생각합니다. 그러나 협동시 활동을 통해 동시 쓰기도 여럿이 함께할 수 있다는 경험을 하고, 함께 쓰는 재미를 알게 합니다. 협동시 활동의 목적은 친구들과 함께 동시를 즐기는 경험을 하는 것입니다.

동시 마니또와 동시 선물

동시 마니또는 학기가 시작하고 아이들끼리 쭈뼛쭈뼛 어색할 때 하면 좋은 활동입니다. 창체 시간이나 국어 시간에 할 수 있는데, 이 활동은 학급에서 교류가 적어 어색했던 친구들과 좀 더 가깝게 만들어 줍니다. 학기나 학년을 마무리하는 의미로 할 수도 있습니다.

이름을 넣고 섞은 통에서 반 친구 한 명을 무작위로 뽑습니다. 아이는 종이에 적힌 친구를 하루 이틀 동안 틈틈이 관찰해야 합니다. 그 친구를 주인공으로 하는 동시를 써야 하기 때문입니다. 동시를 쓸 때는 이름과 같은 단서가 들어가지 않도록 하고, 행동이나 말로 그 친구를 표현해야 합니다.

"자. 이제 서로 친구들이 쓴 동시를 읽어볼게요. 이 동시의 주인공이 누군지 맞춰봅시다."

○○○

□ □ □

오늘 점심은 떡갈비
1교시부터 기다렸다
밥 한 숟갈 김치 한 입

밥 한 숟갈 떡갈비 조금
급식실 아줌마가
"더 먹을 사람" 하길래
뛰어가 떡갈비를 받았다

밥 한 숟갈 김치 한 입 떡갈비 조금
밥 한 숟갈 떡갈비 조금
떡갈비가 녹는다

"과연 이 동시의 주인공은 누구일까? 우리 반에서 누가 떡갈비를 좋
아할까?"
"영승이요."
"왜 그렇게 생각하니?"
"아까 1교시 끝나자마자 영승이가 급식 메뉴를 보고 '앗싸 떡갈
비!' 하고 외쳤어요."
"선생님, 저는 영승이가 떡갈비 또 받는 거 봤어요!"

동시의 주인을 확인한 다음, 자신에게 동시를 써준 친구를 추측해
보는 질문을 합니다.

"영승아, 영승이를 주인공으로 쓴 시가 맞는 것 같니?"
"네."
"그러면 이 시를 쓴 작가는 누구일까?"

우리 반 아이들의 순서가 다 돌아갈 때까지 계속합니다. 활동이 끝나면 익명의 작가가 쓴 동시를 주인공에게 선물합니다. 어색하기만 했던 사이가 조금은 친해졌겠죠? 다만, 상대방의 마음을 상하게 하는 표현을 하지 않도록 유의해야 합니다.

동시 선물 활동은 누군가에게 마음을 담아 동시를 선물하는 겁니다. 생일을 맞은 부모님께 동시를 선물로 드릴 수도 있고, 학원 숙제로 힘들어하는 친구에게 응원의 메시지를 담아 동시를 선물로 줄 수도 있습니다. 선생님께 감사한 마음을 담아 동시 선물을 줄 수도 있습니다. 스스로에게 선물할 수도 있습니다. 아이들이 쓴 동시는 일상의 경험을 바탕으로 쓴 동시이기 때문에 선물과 어울리지 않는 경우가 많습니다. 그렇기 때문에 자신이 표현하고 싶은 마음과 비슷한 동시를 찾도록 합니다. 동시 선물을 위해서 도서관에 가서 동시집을 읽습니다. 동시집의 동시 중에서 마음에 드는 동시를 골라 선물합니다. 동시 선물하기는 도서관과 동시집과 친해지고, 다양한 동시를 읽는 효과도 있습니다. 종종 어떤 아이들은 선물해주고 싶은 이를 위해 직접 동시를 쓰기도 합니다. 진짜 동시 선물을 하는 겁니다. 이렇게 마음을 담은 동시 선물을 하면, 예전에 엄마 아빠가 서로에게 주고받은 연애편지를 이해할 수 있지 않을까요.

동시 간행물

간행은 글 등을 인쇄해서 발행하는 것입니다. 매주 동시를 묶어 발행하면 주간지가 되고, 한 달을 주기로 동시를 묶어 발행하면 월간지가 됩니다. 주기가 너무 짧아 부담스럽다면 학기에 한 번 간행하거나 학년 말에 모두 모아 간행하는 것도 가능합니다.

동시 간행물에는 함께 읽었던 동시나 학급 아이들이 쓴 동시를 담습니다. 아이들이 쓴 동시를 모아 간행하는 겁니다. 동시로만 간행물을 채우기 어렵다면, 다양한 동시 활동 결과물을 엮어 채울 수 있습니다. 시화나 동시 만화, 동시 노래 악보, 생활글이나 대본을 함께 넣을 수 있겠지요. 교사가 읽어주고 싶은 동시를 넣거나 아이들이 고른 이달의 동시를 넣을 수도 있습니다. 아침 시간에 읽었던 동시를 다시 실을 수도 있습니다. 이렇게 동시를 하나로 모아 엮는 건 손이 많이 가는 일이지만, 효과는 좋습니다.

우선, 친구들이 쓴 좋은 동시를 여유 있게 읽고 느낄 수 있습니다. 활동 시간에 쫓겨 친구들이 쓴 동시를 다 읽지 못할 때가 있습니다. 또한 동시를 서로 교환해야 하는데 친구와 어색해서 읽지 못하는 때도 있습니다. 하지만 동시 간행물은 자신이 여유가 있을 때면 언제나 볼 수 있어서 친구들의 동시를 천천히 감상할 수 있습니다. 안 친했던 친구의 마음이나 상황을 알고, 친해질 수 있는 연결고리가 되기도 합니다.

둘째, 성장 과정이 담긴 동시를 소장할 수 있습니다. 교사는 아이들과 매일 만나기 때문에 아이들의 변화를 느끼기 어렵습니다. 하지만 3월에 찍은 사진과 12월에 찍은 사진을 비교하면 아이들이 부쩍 큰 변화를 알 수 있는 것처럼 동시 간행물을 통해 아이들의 생각과 마음이 성장하는 과정을 볼 수 있습니다. 학년 말이 되면 '내가 3월에 이런 동시를 썼구나!' 하고 1년을 돌아볼 수도 있죠. 부모님들에겐 소중한 자녀가 쓴 동시집이 될 수 있습니다. 아이들이 자라 어른이 됐을 때, 초등학생 시절에 썼던 동시를 꺼내어 읽어보면 어떤 기분일까요.

동시집 만들기

하나, 동시집 준비하기

아이들이 직접 동시집을 만들 수 있습니다. 혹은 전문업체에 의뢰해서 만드는 방법도 있습니다. 동시집의 분량과 의도에 따라 적절한 동시집 제작 방법을 선정하는 게 좋습니다.

만약 10편의 동시집을 엮는다고 한다면 도화지나 스크랩북을 활용해 직접 만들 수 있습니다. A4나 8절 크기의 도화지 6장을 반으로 접습니다. 반으로 접고 접힌 부위에 스테이플러를 찍으면 겉표지 1장과 뒤표지를 제외한 10쪽의 동시집이 됩니다. 스테이플러를 붙인 부분에는 위험하지 않도록 종이테이프를 붙여야 합니다. 스테이플러가 위험하다고 생각되면 낱장으로 동시집을 만들 수도 있습니다. 상단에 구멍을 뚫어 O 링으로 동시집을 만드는 것이지요. 첫 페이지에는 동시집 제목과 작가 이름을 쓰되 자유롭게 꾸미도록 합니다. 이 활동은 썼던 동시를 모아 학기 말에 쓰거나 시간이 날 때마다 틈틈이 채울 수도 있습니다.

보관이 쉬운 책의 형태를 원한다면 DIY 스크랩북을 활용할 수 있습니다. DIY 스크랩북은 스크랩을 위한 용도인데, 두께감 있는 면으로 구성된 책 형태의 교구입니다. 학습 준비물로 무지 스크랩북을 구매하여 동시를 쓸 때마다 스크랩북에 동시로 채워도 좋습니다. 동시가 10

편 내외일 경우 이렇게 직접 동시집을 만들 수 있습니다.

동시의 양이 100편 내외로 많은 경우는 인쇄소를 통해 동시집을 만들 수 있습니다. 개인이 100편 내외를 쓴다면 개인 동시집을 만들 수 있고, 학급에서 쓴 동시가 100편 이상이면 학급 동시집을 만들 수 있습니다. 동시집 제작은 편집한 원고를 인쇄소에 넘기면 전문 인쇄소에서 출간물로 만들어 줍니다. 저는 학급운영비나 학급 프로젝트 수업 활동비를 활용하여 예산을 충당합니다. 지역 인쇄소에 문의해 가격을 조정할 수 있습니다.

일반적인 동시집은 A5 용지 크기에 100페이지 분량인데, 개인이 100편을 동시집에 싣는다고 보면 매주 두 편 이상은 써야 합니다. 따라서 1년 동안 쓴 동시를 모아 개인 동시집을 만든다고 한다면 교사의 꾸준한 지도와 노력이 필요합니다. 그러나 이 과정에서 동시 쓰기가 아이들에게 부담이 되거나 스트레스를 받지 않도록 유의해야 합니다. 동시집을 위해 주말마다 동시 쓰기 숙제를 내거나 방학 중에 5편 이상 동시를 쓰게 하는 경우가 있는데, 저는 바람직하지 않다고 생각합니다. 동시집을 만드는 이유는 아이들이 동시를 좋아하게 하기 위한 목적인데, 동시집을 만들면서 동시가 싫어지면 본말이 전도된 것이지요.

그렇다면 개인 동시집을 어떻게 만들 수 있을까요. 작품을 모으는 기간을 1년이 아니라 6년으로 보면 개인 동시집을 만들 수 있습니다. 개인 동시집을 학교 특색 활동으로 정해서, 1학년부터 6학년까지 일 년에 15편의 동시를 쓰는 것이지요. 1년 동안 썼던 동시를 주로 가정으로 보내는데, 그러지 않고 포트폴리오를 만들어 동시를 꾸준히 모은다고 생각해봅시다. 1학년 선생님이 2학년 선생님께 드리고, 그다음 해에는 1~2학년 때 쓴 동시를 묶어 3학년 선생님께 드리는 것이지요. 6학년 졸업할 때쯤에는 한 아이당 약 90편의 동시가 모이게 됩니다. 그 90편을 묶어 개인 동시집을 만들 수 있습니다. 이 동시집에는 아이가 1학년 때부터 6학년까지 자라면서 느꼈던 소중한 추억들이 담겨 있게 됩니다.

개인 동시집이 부담스럽다면, 학급 동시집이 개인 동시집에 비해 쉽게 만들 수 있습니다. 학급당 학생 수가 20명이라면 1년 동안 개인별로 5편 내외로 쓰면 되기 때문입니다. 학급 인원과 페이지 수에 따라 달라지겠지만, 학급 동시집은 학기 초에 계획을 잘하면 어렵지 않게 만들 수 있습니다. 동시집에는 시화, 동시 만화도 들어갈 수 있습니다. 손글씨로 쓴 동시나 시화를 넣고 싶을 때는 스캔해서 추가합니다. Adobe Scan과 같은 다양한 애플리케이션이 있으니 활용하면 간편하게 동시집 작업을 할 수 있습니다.

둘, 동시집 제목과 디자인 정하기

동시집의 제목을 정할 때면 공모전의 형식으로 진행합니다. 아이들이 직접 동시집 이름을 제안하고 선택하는 것이지요. 우리 반의 특징을 잘 담기만 했다면 어떤 제목도 가능합니다. 저도 '동시 속삭임', '행복한 삶을 위한 동시'와 같은 근사한 제목을 제안하지만, 매번 결정 과정에서 후보에도 오르지 못합니다. 아이들은 재미있는, 장난기 가득

한 제목을 좋아합니다. 올해 아이들이 제안한 동시집 제목입니다.

《수원시집》/《이 시집 좀 봐보시집》/《재밌시집》/
《지금은 몇시집?》/《맵시집》/《비타민C집》

3차에 걸친 치열한 투표 결과 '비타민 C집'이 뽑혔습니다. 이 제목을 제안한 아이는 우리 반의 밝고 경쾌한 모습이 비타민을 닮았다고 말했습니다. 또한 진짜 비타민처럼 힘들 때 이 동시집을 꺼내 읽자고 말했습니다.

동시집 이름을 정했다면 동시집 표지를 꾸며야 합니다. 동시집 표지 디자인은 아이들의 그림으로 꾸밀 수도 있고, 선생님이 그림 실력이 좋다면 직접 디자인할 수도 있고, 인쇄소의 디자이너가 하기도 합니다. 각각의 방법이 모두 매력이 있습니다. 선생님이나 디자이너가 한 표지는 아이들이 힘을 합친 표지에 비해 깔끔하고, 전문적으로 느껴집니다. 아이들이 그린 표지는 서툴고 엉성한 느낌이지만, 아이들의 손길과 느낌이 잘 담겨 있습니다.

저는 디자이너에게 맡길지, 우리가 직접 꾸밀지 아이들과 함께 결정합니다. 아이들이 동시집의 공동 저자이자 주인이기 때문입니다. 동시집의 표지는 동시를 읽게 만드는 묘한 힘이 있기 때문에 충분한 토의 시간을 줘야 합니다. 아이들은 일반적으로 자신이 꾸미고 싶어 하는데, 아이들이 쓴 동시처럼 엉성할지라도 자신들이 직접 꾸미고 싶은 까닭입니다.

그렇다면 어떤 표지 디자인을 해야 할까요. 개인별로 시집 이름에 맞는 그림을 그려서 가장 잘한 표지 그림을 선정할지 아니면 각자 그린 그림을 모아 표지에 담을지 선택합니다. 만약 아이들이 그린 그림을 모아 표지에 담고 싶다면 자신을 상징하는 이미지나 별명, 미술 시간에 배운 자화상을 그리도록 하면 통일성도 있고 재미있는 표지가 됩니다.

《비타민 C집》 표지

학생들의 그림을 모아
만든 표지

동시 암송회와 전시회

　동시 암송은 동시를 암기해서 말하는 것으로 동시를 가슴에 새기는 과정입니다. 암기한 동시는 마음속에 남아서 문득문득 떠올라 일상생활에 영향을 줍니다. 삶을 비추는 등불이자 방향이 되기도 합니다. '동시 암송회'는 학생이 좋아하는 동시 한 두 편을 외우고 암송하는 행사로, 학급 행사로 진행할 수 있습니다. 음악 시간과 연계해 동시를 암송할 때 어울리는 배경음악을 찾는 활동을 하면 더 좋겠지요. 적절한 배경음악은 암송회에서 참가자가 읊는 동시에 몰입하게 하고, 암송회를 더욱 근사하게 만듭니다.

　대부분 학생은 분량과 관계없이 자신이 좋아하는 동시를 외우지만, 잔꾀로 짧은 동시를 선택하는 아이도 있습니다. 저는 짧더라도 동시를 외운다는 것만으로 충분한 가치가 있다고 생각합니다. 아무리 노력을 해도 안 외워지는 아이나 외우기를 싫어하는 아이도 있는데 그럴 때는 보고 읽게 합니다. 오히려 다그치는 것이 동시를 싫어하게 만들 수 있기 때문입니다. 외우진 못했지만 동시와 어울리는 목소리로 소리 내어 읊는 것이죠.

　동시 활동의 결과물은 최대한 알리고, 공유합니다. 노래로 바꿨다면 동시 노래 대회를 하고, 연극 대본을 썼다면 동시에서 출발해 연극으로 마무리할 수도 있습니다. 동시 영화를 만들었다면 동시 영화제를 운영할 수도 있습니다. 동시 행사는 아이들이 직접 기획하고, 실행하게 합니다. 직접 행사 초대장이나 게시물을 제작하는 것이죠. 각 학년 선생님들께 만들어진 홍보물을 드리고, 학급 자치회나 방송부를 통해 홍보할 수도 있습니다. 자신이 만든 동시 영화를 전교생과 선생님들이 본다면 아이들은 얼마나 기쁘고 설렐까요. 첫 동시 영화 데뷔 무대니까요.

전시회는 주변 사람들에게 자신이 쓴 동시 작품을 소개하고 인정받는 장입니다. 자신의 작품에 애착이 많은 아이는 자신의 동시가 전시되는 것을 좋아합니다. 자신의 작품을 부끄러워하는 학생도, 자신의 작품을 전시했을 때 좋은 반응을 보고 동시를 공개하는 것을 어려워하지 않게 됩니다. 따라서 동시 작품을 전시하는 기회는 필요합니다.

전시 공간은 교실, 복도, 학교 모두 가능합니다. 학급 게시판은 학급 학생들을 위한 공간이고, 복도 게시판은 복도를 사용하는 학생들을 위한 공간입니다. 저는 학생들이 동시를 쓸 때마다 학급 게시판과 복도 게시판을 가리지 않고 게시합니다. 복도를 상설 동시 전시회장으로 만드는 것이죠. 학생들이 쓴 작품은 컴퓨터로 출력하는 것보다 학생들이 손글씨로 직접 쓰면 느낌을 더 살릴 수 있습니다. 날씨가 좋을 때는 학교 곳곳에 동시를 전시해도 좋습니다. 등굣길, 쉼터, 놀이터, 의자 앞바닥 등 아이들의 공간 이곳저곳에 붙여둡니다. 화장실에서 일을 볼 때 벽에 붙은 글귀에 자연스레 눈이 가는 것처럼 아이들이 동시를 접할 수 있게 말이죠. 재미있는 동시를 자주 접하면, 동시의 매력에 서서히 스며들지 않을까요.

동시 문학상과 공모전

출판사 비룡소에서는 공모전의 심사를 아이들이 직접 참여하는 방법을 도입했습니다. 아이들의 취향을 예상해 책을 만드는 출판사의 입장에서는 아이들이 직접 책을 선정하니 아이에게 더 잘 맞는 책을 고를 수 있습니다. 심사에 참가한 아이는 혼자 동시를 감상하는 개인적인 감상이 아니기에 더 객관적인 심사를 하도록 좀 더 고민하게 됩니다. 이 심사에 참여한 아이는 첫 번째 독자라는 짜릿함과 함께 심사를 하면서 성장하게 됩니다.

비룡소에서 하는 공모전과 비슷한 방식으로 저는 학급에서 동시 문학상이나 공모전 행사를 합니다. 시인들이 쓴 동시 중에서 고를 수도 있고, 아이들이 쓴 동시로 할 수 있습니다. 우선 기존에 있는 동시 중에서 '이달의 동시' 혹은 '올해의 동시'라는 이름으로 자체 동시 문학상을 수여하는 활동이 있습니다. 자원자를 대상으로 동시 문학상 선정 위원회를 구성하는데, 지속해서 운영할 경우 학급 모든 학생이 한 번 이상은 할 수 있도록 돌아가는 방식으로 운영하는 게 좋습니다. 선정 위원회에서는 추천 기간과 심사 기준을 정하고 아이들에게 알립니다. 아이들은 이제까지 배웠던 동시 중에서 재미있고, 좋은 동시를 제안합니다. 선정 위원회는 기준을 중심으로 토의합니다. 선정된 동시는 '6학년 1반이 추천하는 이달의 동시'라는 이름으로 도서관이나 학급 게시판, 복도 게시판에 걸어둘 수 있겠지요. 매달 하는 활동을 연 단위로 확장하여 '올해의 동시'나 '올해의 동시집'을 선정할 수도 있습니다. 초등학교에서 '작가와의 만남'은 주로 동화나 그림책 작가를 주로 하는데, '올해의 동시'로 선정된 동시를 쓴 시인과 작가와의 만남을 할 수도 있습니다.

학급이나 교내 학생들이 쓴 동시로 동시 공모전 활동을 할 수도 있습니다. 동시 공모전 심사는 아이들이 성장할 수 있는 좋은 기회이기 때문에 아이들이 직접 하는 게 좋습니다. 동시 공모전 준비위원회가 대회의 이름과 기간, 제출 방법, 동시 심사 위원회를 결정합니다. 동시 문학상과 마찬가지로 심사 기준은 심사 위원회가 스스로 정하는 게 좋습니다. 공모전 심사 위원회를 심사 기준과 제출 방법을 담은 홍보지를 만들어 학생들의 참여를 독려합니다. 기준과 방법은 자유롭게 정하되 동시 공모전에 참가하는 학생은 한 편의 동시보다는 세 편 정도 제출한다는 규칙이 좋습니다. 한 편으로 심사하기가 어렵기 때문입니다. 또한 시인이 누군지 알게 되면 심사에 영향을 줄 수 있기 때문에 동시 공모를 할 때는 이름을 가리도록 해야 합니다.

실제 심사가 진행되면 쉽게 결정되지 않고 치열한 논쟁을 거치게 됩니다. 미리 정했던 심사 기준이 있다고 해도 심사위원의 관점에 따라 평가 순위가 달라지기 때문입니다. 이런 갈등 상황에서 심사위원들은 왜 자신이 선정한 동시가 기준에 적합한지 설명해야 합니다. 이 동시가 왜 좋은 동시인지 협의하면서 순위를 정합니다. 심사 위원회에 참가한 학생들은 후보 동시를 여러 번 읽으며 생각하게 되고, 이 어렵고 힘든 과정을 통해 성장하게 됩니다.

공모전 수상자에게는 작은 선물을 주고, 공모작은 전시합니다. 동시 공모전은 목적이 좋은 동시를 선발하는 것이 아닌, 다양한 아이들이 동시를 즐기는 문화를 만드는 것인데, 이 취지를 맞도록 수상과 상품에만 너무 집중하지 않도록 해야 합니다.

닫는 글

　　지금까지 동시의 이해를 바탕으로 '동시 읽기', '동시 쓰기', '동시 다듬기'로 이어지는 동시 수업의 흐름을 살펴보았습니다. 또한 동시 수업에서 할 수 있는 다양한 동시 활동도 소개했습니다. 지극히 개인적이고 부족한 내용이지만, 저만의 동시에 대한 철학을 세우고 실천하는 과정을 솔직하게 담았습니다. 수업에 정답은 없고 다양한 방법과 관점이 존재하기에 제 생각을 참고해 선생님만의 동시 수업을 만드시길 바랍니다. 이 책을 통해 동시 수업에 관한 논의가 활발히 이루어지고, 즐거운 동시 수업을 돌아보는 물꼬가 되었으면 합니다.

　　혹여나 이 책을 읽고 동시 수업을 시작하고 싶은 마음이 드신다면, 서둘러 이 책을 덮으시고, 얼른 시작해보세요.

　　지금, 재미있는 동시집을 찾아 읽어보세요!
　　여기, 주변에 떨어져 있는 동시가 없는지 살펴보세요!

동시 쓰는
아이들

초판인쇄 2021년 7월 30일
초판발행 2021년 7월 30일

지은이 양효준
펴낸이 채종준

펴낸곳 한국학술정보(주)
주 소 경기도 파주시 회동길 230(문발동)
전 화 031-908-3181(대표)
팩 스 031-908-3189
홈페이지 http://ebook.kstudy.com
E-mail 출판사업부 publish@kstudy.com
등 록 제일산-115호(2000. 6. 19)

ISBN 979-11-6603-476-3 03800